La collection
ROMANICHELS
est dirigée par
André Vanasse

Du même auteur

Romans

Tous les chemins ne mènent pas à Rome, Montréal, Les Ateliers du Cyclope, 1987.

Tropiques Nord, Montréal, VLB éditeur, 1990.

Eldorado, Montréal, Éditions de la Pleine Lune, 1994.

Sirène de caniveau, La Fouët, Liv'éditions, 1999 ; Montréal, Éditions de la Pleine Lune, 1998.

Une femme de trop, La Fouët, Liv'éditions, 2002.

La noyée du beffroi, roman collectif dirigé par l'auteur, Saint-Évarzec, Éditions du Palémon, 2005.

Jeunesse

Pas de poisson pour le réveillon, Montréal, Éditions du Boréal, coll. « Boréal Junior », 2003.

Saïda le macaque, Montréal, Éditions du Boréal, coll. « Boréal Junior », 2005.

Salsa la belle siamoise, Montréal, Éditions du Boréal, coll. « Boréal Junior », 2006.

Nouvelles

Filets bleus et matière grise, recueil de nouvelles dirigé par l'auteur, La Fouët, Liv'éditions, 2000.

Días de Quebec. Antología de cuentos del Quebec contemporáneo (compilación de Gaëtan Lévesque), México, Plan C editores, colección « La Mosca Muerta », 2003.

Antología de cuentos quebequenses en el fin de siglo (1987-2000), (Gaëtan Lévesque, selección y prólogo), Caracas, Monte Ávila Editores Latinoamericana, colección « Continentes », 2006.

La mano de Dios. Muestra del cuento quebequense contemporáneo (seleccíon de Gaëtan Lévesque, Lima, Renato Sandoval (editor), colección « Punto Final », 2006.

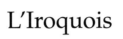

L'Iroquois

La publication de cet ouvrage a été rendue possible grâce à l'aide financière du ministère du Patrimoine canadien par l'entremise du Programme d'aide au développement de l'industrie de l'édition (PADIÉ), du Conseil des Arts du Canada (CAC), du ministère de la Culture et des Communications du Québec (MCCQ) et de la Société de développement des entreprises culturelles (SODEC).

© 2006
XYZ éditeur
1781, rue Saint-Hubert
Montréal (Québec)
H2L 3Z1
Téléphone : 514.525.21.70
Télécopieur : 514.525.75.37
Courriel : info@xyzedit.qc.ca
Site Internet : www.xyzedit.qc.ca

et

Pascal Millet

Dépôt légal : 4ᵉ trimestre 2006
Bibliothèque et Archives Canada
Bibliothèque et Archives nationales du Québec
ISBN 10 : 2-89261-478-3
ISBN 13 : 978-2-89261-478-7

Distribution en librairie :
Au Canada :   Distribution en Europe :
Dimedia inc.   Le Seuil
539, boulevard Lebeau
Ville Saint-Laurent (Québec)
H4N 1S2
Téléphone : 514.336.39.41
Télécopieur : 514.331.39.16
Courriel : general@dimedia.qc.ca
Droits internationaux : André Vanasse, 514.525.21.70, poste 25
                            andre.vanasse@xyzedit.qc.ca

Conception typographique et montage : Édiscript enr.
Maquette de la couverture : Zirval Design
Photographie de l'auteur : Damien Journée
Illustration de la couverture : Damien Journée, *Attente*, 2006
Illustration des pages de garde : détail de la couverture

Pascal Millet

L'Iroquois

roman

XYZ
éditeur

Romanichels

L'auteur remercie le Centre National du Livre pour son
soutien financier.

Pour la petite rockeuse de mon cœur

La fin n'est qu'imaginaire, c'est une destination qu'on s'invente pour continuer à avancer.

Paul Auster

Comme disent les Indiens, Hoka hey, c'est un beau jour pour mourir !

Michael Guinzburg

1

En vrai, ça a commencé en rentrant de l'école, quand on a trouvé maman dans le couloir. Elle était blanche et pendue au portemanteau, ses jambes repliées sous elle, la langue bleue et sortie de la bouche, les yeux tout bizarres qui regardaient vers le plafond. Elle portait sa blouse de travail, une blouse en nylon rose, avec son nom brodé en lettres rouges. Lisa Henry. Henry pour le nom de mon papa et Lisa pour Élisabeth. Moi, je m'appelle Julien, Julien Henry, j'ai onze ans.

J'ai rien dit en la voyant se balancer au bout de sa ceinture de cuir, pas pleuré, je me suis seulement demandé comment on se débrouillerait pour la viande. Parce que la viande, sans maman, ça serait pas possible. J'ai alors pensé que Pierrot ne se foutrait plus de ma gueule dans la cabine d'essayage.

Le supermarché, on y allait tous les lundis, à pied, avec un rouleau de sparadrap au fond des poches. Maman, elle y travaillait de nuit, pour nettoyer et ranger. Technicienne de surface qu'elle était, mais son rêve, c'était caissière. J'aimais pas me rendre là-bas, parce qu'on devait passer par le terrain vague et marcher plus d'une heure le long de la voie ferrée. Le pire, c'est quand on arrivait sur le parking, juste avant que maman prenne un caddie et pousse les portes du magasin. J'avais la chair de poule rien que de penser à la morsure du froid. Une impression de ne plus être moi, de n'être qu'un gros sac qu'il fallait remplir. Comme une tortue, je rentrais la tête dans les épaules, j'avais la honte, grave, et, une fois dans le magasin, je ne regardais même pas les jouets dans l'allée centrale. Je suivais le caddie, je m'arrêtais quand il s'arrêtait, je respirais aussi vite qu'un petit oiseau. Si maman rencontrait des dames de la cité et qu'elles se mettaient à jacasser, Pierrot filait directement au rayon des disques. Moi, je ne bougeais pas, je transpirais, je guettais l'avancée du chariot vers les grands frigos remplis de viande. Maman prenait toujours trois paquets de steaks qu'elle jetait avec le reste des courses. Des pâtes et du riz, des patates aussi. Sac à viande! Sac à viande! Et Pierrot commençait à me tourner autour. C'était sa danse, la danse de l'Iroquois. Sac à viande! Aussitôt, je me mettais à pleurer, en silence, en espérant qu'on n'irait pas dans l'allée des vêtements, mais à cause du prix de cette saleté de viande, on était obligé d'y passer. Mon frère choisissait le pull que je devais essayer. Souvent, il prenait des trucs avec de belles couleurs, des losanges ou des animaux. Dans la cabine d'essayage, j'attendais deux ou trois minutes, jusqu'à ce que maman passe la tête à travers le rideau pour crier à Pierrot de ramener deux tailles en dessous. « Tu vas être mignon » qu'elle disait en se mordillant les lèvres. Quand Pierrot revenait, avec les tailles du dessous, la viande cachée au milieu, maman me dépouillait comme un lapin. Torse nu devant le grand miroir, je respirais de plus en plus vite, jusqu'à ce que mon cœur résonne dans mes oreilles. Attention, P'tit loup, ça va faire froid! Et, les yeux fermés, je prenais une grande respiration en attendant le baiser glacial de la viande. Le rouleau de sparadrap en main, maman me tournait autour en écrasant bien les steaks contre ma peau. Au moment de me rhabiller, elle me demandait de ne pas bouger, puis elle me renfilait mon vieux chandail vert en me disant, un bisou sur le front, que c'était fini, que je pouvais sortir, et elle m'essuyait les yeux avec un kleenex. Ensuite je grelottais, j'avais peur que le sang me dégouline le long des jambes, que tout le monde me regarde comme un monstre.

2

J'ai su qu'il n'y aurait plus de lundi ni de bisous sur le front. J'ai fait un pas en avant et me suis mis à trembler. Trop de silence me rentrait dans les oreilles pour me bourdonner dans la tête.

— Elle est raide, a dit Pierrot.

J'ai pas voulu toucher, j'ai couru m'asseoir sur le canapé, devant la télévision. Je l'ai allumée pour ne plus penser, pour oublier qu'elle était là, dans le couloir, accrochée au portemanteau comme un vieil imperméable après la pluie. Je n'entendais rien : ni bruits ni paroles. Il n'y avait que des images, que des ombres floues qui me retenaient assis sur le fauteuil, les yeux aussi fixes que ceux d'un poisson mort. Même le vent qui griffait les vitres ne me réveillait pas. Il avait beau cogner et hurler, je ne pouvais regarder ailleurs que droit devant moi, comme en revenant du supermarché, avec la peur de laisser des empreintes rouges sur le sol. Je suis resté recroquevillé, le pouce dans la bouche, la vue brouillée, les joues brûlées par les larmes. Elles coulaient toutes seules, rondes et salées. Mon nez aussi coulait, de longues traînées de morve, pareilles à des fils d'argent, des fils d'araignées recouverts de givre. Ma gorge aussi était salée. Tout était salé et silencieux.

Le soleil avait depuis longtemps disparu derrière les immeubles quand Pierrot m'a secoué. Il était entre mes yeux et la télé, un papier à la main.

— Tu sais lire ?

Je savais, oui, et j'ai lu : « Licenciement pour compression de personnel. » Au bas de la page, il y avait la signature du directeur des ressources humaines, M. Lartigue.

— Elle est morte pour ça ?

— Non, c'est à cause qu'on est pauvres.

— Tais-toi, tu dis que des conneries !

J'ai baissé la tête, regardé le tapis à fleurs et senti de nouvelles larmes couler sur mes joues. Je savais bien qu'on devait faire quelque chose, prévenir quelqu'un, frapper à une porte ou se mettre à crier au feu. Mais je pesais lourd, je n'arrivais plus à me grouiller. Pierrot s'est mis à tout casser, à fouiller dans les placards, à renverser des tas de choses qui se brisaient sur le sol. Je me doutais qu'il était en train de devenir méchant, que jamais je ne pourrais le calmer. Personne ne pourrait, pas même les médecins.

On va la décrocher, il a dit un peu plus tard, on va la mettre ailleurs. Je me suis levé, j'ai pris les chevilles de maman et tiré sur ses jambes. Quand sa blouse de nylon est remontée sur elle, j'ai aperçu sa petite culotte en dessous, une tache plus blanche qu'un rayon de soleil dans un miroir. J'ai fermé les yeux mais j'ai continué à la voir dans ma tête, à la voir quand elle s'habillait, se maquillait, fumait seule devant la fenêtre de sa chambre. C'est là qu'on l'a mise, dans sa chambre. On l'a allongée par terre, parce qu'on était incapables de la soulever pour la mettre sur son lit. On lui a jeté un drap sur le corps et je suis resté debout près d'elle, les mains jointes.

— Qu'est-ce que tu fous ? a demandé Pierrot.

— J'attends qu'elle monte au ciel, j'ai répondu.

Je croyais même que le drap allait décoller du sol, flotter dans les airs, qu'il faudrait lui ouvrir la fenêtre pour qu'il s'envole dans la nuit.

— T'es rien qu'un con. Aide-moi, plutôt.

On a tout vidé, même la boîte à bijoux qu'on avait fabriquée à la petite école avec du carton et des coquillettes dessus, peintes et collées en forme de cœur. À l'intérieur, on a trouvé nos dents de lait et deux petites mèches de cheveux. Pierrot s'est énervé. C'est de l'argent qu'il voulait, pour partir, il me l'a dit plus tard, quand on a regardé son film sur les Indiens. On était installés sur le canapé quand il s'est souvenu des paroles de M. Louvain : « Avant, il y avait des Indiens à New York. » Pierrot avait été tout excité d'imaginer des Iroquois dans les rues de Manhattan. Je m'en souviens, en classe on est assis l'un à côté de l'autre. Une idée de M. Louvain. Les imbéciles, il dit, faut les mettre ensemble. Pourtant, Pierrot, même s'il a redoublé deux fois, c'est pas un imbécile.

— Faut partir, il a répété. On va aller là-bas, en Amérique.

Moi, j'avais envie de rester là, à fumer des cigarettes et boire de la bière. C'est à la fin du film que Pierrot a eu l'idée pour Rachid.

3

— C'est rien qu'un bâtard de sale pédé !

Pierrot est devenu comme fou. Il a commencé à tourner en rond, à sauter par-dessus la petite table et à boire de plus en plus. Je suis un Indien, il disait. Et pour mieux ressembler à un Indien, il a retiré son tee-shirt et s'est dessiné un drôle de soleil sur le ventre. Avec du rouge à lèvres et du vernis à ongles, il a tracé des éclairs sur son visage et autour de ses yeux. Je suis un Iroquois et Rachid est un enculé. Il dansait et hurlait en même temps, une main devant la bouche. Rachid est un pédé, il criait à chaque tour de table, et on va le baiser, lui scalper sa sale gueule de con, lui piquer tout son putain de fric !

Puis il s'est recouvert le crâne avec le tapis bleu de la salle de bain et il a recommencé à danser, vite, en criant de plus en plus fort. Dehors, les scooters pétaradaient dans la nuit et la lune, ronde, se détachait dans le ciel. C'était un peu comme tous les soirs, quand maman nous mettait au lit avec un bisou sur le front, sauf que maintenant, jamais elle ne se relèverait pour nous border ou nous souhaiter bonne nuit, et encore moins pour me serrer dans ses bras et m'appeler P'tit Loup. À penser à elle, je me suis remis à pleurer et à renifler. J'ai aussi pleuré à cause de ce grand bateau blanc que Pierrot voulait prendre pour aller vivre avec les Indiens.

— Grouille, il a dit.

J'ai obéi. J'ai essuyé mes yeux, vidé mon sac d'école et remplacé tous mes livres par les bières et la bouteille de whisky que Pierrot comptait échanger aux Indiens contre une vraie peau de bison, une fourrure bien plus chaude que le tapis bleu de la salle de bain. Je me suis habillé, j'ai enfilé mon gros col roulé sur mon vieux chandail vert en pensant au ventre du cargo et au froid qu'il ferait à l'intérieur de toute cette ferraille. Tu verras, disait Pierrot, c'est plus grand qu'un immeuble. Des conneries, j'ai pensé, parce qu'un bateau, plus grand qu'un immeuble, ça ne pouvait pas exister, nulle part, et encore moins sur la mer.

— T'as jamais vu le *Titanic*?

Si, je l'avais vu, avec ces gens dans les cales, prisonniers derrière des grilles, qui hurlaient pour ne pas mourir noyés. Mais ils étaient tous morts.

— C'est qu'un film, j'ai dit.

— Que t'es con, a répondu Pierrot. Allez viens, faut partir.

Je suis passé devant lui, sans me retourner vers la chambre, j'ai entendu qu'il fermait la porte de l'appartement dans mon dos. En descendant les étages, je me suis demandé s'il fallait prévenir quelqu'un, si on devait pas mettre maman dans un cercueil pour l'enterrer avec des fleurs. Mais, juste comme on passait devant la porte de la voisine du troisième, Pierrot m'a poussé pour que j'avance plus vite.

— Où on va? j'ai demandé.

Il m'a fait les gros yeux, le regard méchant de celui qui veut pas répéter, et, une fois dehors, il m'a montré la BMW de Rachid.

— Vas-y, crétin!

Avec l'envie de vomir et la main serrée sur un gros tournevis, j'ai marché vers la voiture bleue. Je savais qu'il était là, dans le noir, qu'il serait prêt à m'arracher le cœur si seulement je touchais à sa bagnole. Je me suis mis à trembler, la tôle a grincé et un son métallique m'a percé les tympans. La pointe du tournevis a rayé la peinture, gravé les deux lettres que Pierrot voulait que j'écrive. Un P et un D. J'ai pensé que Rachid allait me surprendre, m'enfoncer sa lame dans la gorge, mais j'ai continué à tracer mes lettres sur la portière, je me suis appliqué en oubliant la peur qui me tordait le ventre. Ça me rappelait les jours où on balançait des cailloux sur les flics pour les forcer à nous courir après dans les parkings. On les provoquait, on les insultait, et on fuyait par les étages s'ils sortaient leur matraque. C'était notre guerre, un peu comme à la télé, entre les Juifs et les Arabes, sauf que nous, on ne pouvait que faire pleuvoir des bouteilles ou des sacs-poubelle. Le mieux, c'était la nuit, quand une voiture brûlait. Avec Pierrot, on s'installait à la fenêtre et on regardait toute la cité s'illuminer de guirlandes de feu pendant que des gyrophares clignotaient dans le lointain comme des boules de Noël. Ces lumières nous attiraient, nous donnaient envie de crier et de frapper, de montrer qu'on était là, qu'on existait. Alors on prenait des canettes vides et on visait un casque ou une tête. Dans notre dos, maman criait que c'était dangereux, que l'on pouvait blesser, clouer à jamais une vie dans un fauteuil roulant. En cachette, Pierrot remplissait les canettes de flotte que je balançais en bas, dans la rue. Et elles sifflaient dans les airs comme des balles mortelles.

Quand le hall du bâtiment D s'est éclairé, j'ai vu Rachid. Il était dans les bras d'une fille. D'après Pierrot, elles le tripotaient toutes pour de la drogue. Et, plus elles étaient jeunes, plus c'était gratos, à condition qu'elles n'aillent pas se fournir ailleurs, chez un autre enculé. Si Rachid l'apprenait, elles payaient de leur corps, il les coinçait dans sa cave, avec Castor et Le Caïd, et là, ils leur défonçaient le cul. C'est Pierrot qui me l'a raconté, parce qu'il l'avait vu faire, pour de vrai, même que maintenant c'était dans sa tête, rangé pour toujours à côté d'autres saloperies.

Comme Rachid était trop occupé, j'ai bondi sur le capot de sa BM et commencé à sautiller sur place. Pédé, j'ai murmuré pour moi, presque en silence, en pensant à la lame de son couteau. Pédé, j'ai répété plus fort, et à pieds joints j'ai sauté sur la tôle pour qu'elle plie et se torde sous mon poids comme un jouet fragile. J'ai aimé ce bruit, je l'ai trouvé bon, tellement bon que j'ai sauté de plus en plus haut pour bien marquer le capot. Et j'ai gueulé, hurlé pour qu'il m'entende. Rachid est une merde ! Je riais en même temps. Et j'ai ri jusqu'à ce qu'il apparaisse devant moi.

— Mon frère, j'ai dit, il veut te parler.

J'ai bondi, couru jusqu'aux caves avec la diarrhée dans le bide. J'avais les boules de me retrouver sur son territoire. Pierrot m'avait prévenu : « Tu feras gaffe » qu'il m'avait répété, « Tu suivras bien les graffitis ». Il y en avait partout, un vrai jeu de piste. Je me suis enfoncé dans ce labyrinthe de béton comme un chien renifle la pisse d'un autre. J'entendais Rachid dans mon dos. Son souffle, surtout. Quand j'ai senti qu'il me rattrapait, j'ai imaginé sa lame tendue vers ma gorge.

— Dépêche ! a crié Pierrot.

Il me guettait, m'attendait. Je l'ai suivi jusqu'au bout du couloir, dans la cave de Rachid. Elle était grande ouverte et, juste avant que la minuterie ne s'éteigne, j'ai eu le temps de voir Pierrot s'asseoir sur le dossier d'un gros canapé. On allait mourir, c'était sûr. L'ombre de Rachid s'est de nouveau étalée sur les murs.

— Planque-toi, a dit Pierrot.

Je me suis caché, me suis glissé entre deux boîtes. Une sueur amère me brûlait les yeux et mon cœur résonnait trop fort dans mes oreilles.

L'autre a grogné, sorti sa lame. Comme il avançait, j'ai vu le regard de Pierrot s'illuminer. Un briquet en main et les joues toutes gonflées, il défiait Rachid de ses yeux noirs.

— Qu'est-ce que tu me veux, merdeux ?

Pierrot n'a rien dit, il a juste laissé Rachid s'avancer jusqu'à ne plus voir que ses pupilles dilatées par l'envie de tuer. La flamme du briquet de maman dansait toujours dans son poing fermé.

— Réponds, quand je te parle !

Rachid s'est approché, encore plus près, jusqu'à postillonner et cracher dans la gueule de Pierrot. Et Pierrot ne répondait pas, il attendait, les joues pleines, le visage maquillé de ses peintures de guerre.

— T'accouches, le môme !

Ça a giclé, d'un coup, un geyser a jailli des lèvres de Pierrot, un liquide gras et odorant, rosé. De l'essence. Plus d'un verre qu'il avait dû taxer dans un scooter. La flamme du Zippo s'est accrochée à la figure de Rachid. Il a hurlé, dans l'obscurité, sa tête s'est transformée en torche. Pierrot a frappé, cogné des pieds et des poings, s'est acharné jusqu'à ce que Rachid tombe au sol, se recroqueville et gémisse de douleur. Puis, ses mains ont agrippé le vide et se sont déchirées sur le béton avant de se refermer sur son corps.

— T'as plus de couilles, a crié Pierrot en cognant de plus en plus fort dans la tête de Rachid. Joyeux Noël, connard ! T'es comme une bagnole pourrie, tu brûles !

Et il a dansé dans l'obscurité.

4

— Tu devrais pas y toucher, j'ai dit.
— Tais-toi, je réfléchis !

Avec une arme, j'étais sûr que Pierrot nous entraînerait vers d'autres conneries.

J'avais rallumé la minuterie et vu le corps de Rachid sur le béton froid. Il tremblait, ses genoux repliés sous le menton, se traînait sur le sol, gémissait, les lèvres cousues par le feu. Il ressemblait à une momie, à un de ces zombies échappé d'une tombe. Il rampait et grognait, couinait comme un petit animal. Rassuré, j'avais presque souri de le voir ainsi quand un objet avait brillé dans son poing. Une arme, un pistolet. Pierrot avait bondi, sauté de tout son poids sur Rachid. Des os avaient craqué, un bruit sec dans la cave, et mon frère s'était acharné. Il avait recommencé à le tabasser, à lui bourrer le ventre de coups de pieds, juste le ventre, parce que la tête, à cause de sa peau rose et luisante collée trop près des os, personne n'aurait voulu y toucher.

— Il a une gueule de cul de singe, j'ai dit.

Pierrot s'en foutait, il ne s'intéressait qu'au pistolet. Et il a attendu que Rachid ne bouge plus du tout pour le ramasser.

— C'est un vrai, avec un barillet et tout, comme dans les westerns.

Je pouvais lui faire confiance, Pierrot savait tout sur les cow-boys et les Indiens. Et c'est vrai que le pistolet ressemblait à ceux qu'on voyait dans les films, avec une crosse en bois et un canon plein de reflets bleutés.

— Dis, ton pistolet, tu me le prêteras?

— C'est pas un pistolet, c'est un revolver!

J'ai rien répondu. Il devait avoir raison, puis moi, les revolvers, j'y connaissais rien.

— Faut partir, j'ai répété en allumant la minuterie pour la deuxième fois.

— Tais-toi, je t'ai dit!

Pierrot s'est penché sur Rachid pour le fouiller. Comme il a rien trouvé, il lui a remis un coup de pied dans le bas du dos.

— De l'argent, il doit avoir de l'argent, a dit Pierrot.

Il a ouvert tous les cartons. Je savais qu'il recommençait, qu'il allait tout foutre en l'air et tout casser comme dans la chambre de maman. Sauf que là, il y avait autre chose dans ses yeux, une sorte de voile bizarre que jamais je n'avais vu.

— Je vais t'exploser la tête si tu me dis pas où est ton fric! Tu comprends, race de mort?

Pierrot lui a enfoncé le canon du revolver dans l'oreille et Rachid a gémi. Il devait fermer les yeux derrière ses paupières collées, prier pour ne pas entendre le bruit de l'explosion dans sa tête. Moi non plus je ne voulais pas l'entendre, et j'ai poussé Pierrot, dit que l'argent devait être dans la BM, qu'on devrait se grouiller avant que quelqu'un ne descende des saloperies aux poubelles. Une fois dehors, au milieu des immeubles, j'ai commencé à respirer plus calmement. Sous le seul réverbère allumé, il y avait la voiture de Rachid, avec le capot cabossé et les deux lettres gravées sur la tôle. P et D, en gros, sur la portière.

— Sa bagnole, c'est comme un chariot dans le désert.

Dans la lumière du réverbère, j'avais aussi l'impression qu'elle était comme un chariot abandonné au milieu du désert, avec des vautours dans le ciel, de grands oiseaux noirs qui guettaient du haut des immeubles, prêts à fondre sur nous pour mieux nous déchiqueter à coups de bec. Pierrot m'a fait signe de rester en arrière et je me suis mis à surveiller les hauteurs, une main en visière, à attendre qu'il ouvre la voiture pour m'approcher. Il avait déjà entaillé les fauteuils et arraché la mousse des sièges quand il a fait sauter la serrure de la boîte à gants. Dedans, on a trouvé des balles. Une petite boîte, lourde et bien rangée. Je l'ai aussitôt glissée dans mon cartable à côté du fric que Pierrot avait ramassé sous un siège. C'était un gros paquet d'argent, rien que des billets, des sous comme jamais maman n'aurait pu en gagner au supermarché. Il y en avait assez pour partir, mais Pierrot a continué à fouiller, le revolver toujours dans sa main. Quand il a tourné autour de la voiture, j'ai compris qu'il voulait s'en servir. Il a repéré le réservoir, visé et pressé la détente. À la place de l'explosion que j'attendais, des lumières se sont allumées sur les étages et des gens ont gueulé à cause du bruit. Pierrot les a regardés, les yeux ronds, bien ouverts. Et il a tiré, il a tiré juste avant de se mettre à hurler. Grimpé sur le toit de la BM, il a encore crié que Rachid était un enculé. Il s'est mis à danser, à cogner du pied et à chanter des sons qui lui venaient de la gorge. Quand il a allumé son briquet, j'ai compris qu'on devait courir, que jamais plus on reverrait maman. Et j'ai entendu l'explosion dans mon dos, un bruit sourd, presque étouffé, un son qui m'a fait penser au dernier souffle de Rachid. Dans ma main, je tenais toujours le cartable, contenant les bouteilles, la bière et le whisky, qu'on devait échanger avec les Indiens contre une couverture.

5

Si on avait tout cassé dans la cité, ce n'était pas seulement par ennui. Pour sortir le soir, rôder sur les parkings et squatter les cages d'escaliers, on avait dû flinguer
les réverbères, à jamais. Sans lumière, on osait se glisser
dans la nuit, les rues nous appartenaient. Personne ne nous
guettait dans le noir, ne mourait dans notre dos. Pas un
cadavre ne traînait sous un drap ou dans une cave, aucun
spectre n'essayait de nous rattraper dans l'obscurité. Ne
pas penser, oublier Rachid et maman, surtout coller
Pierrot, le toucher. J'ai tendu la main, happé du vide.

— T'es où ?
— Tais-toi. Avance.

J'ai saisi son bras et me suis laissé conduire.

— C'est par où la mer ?
— Par l'ouest. Faut marcher, longtemps.

Pierrot avait une carte dans la tête, une sorte de bous-
sole qui indiquait toujours la même direction. D'après lui,
il n'y avait qu'à trouver de l'eau, un caniveau ou une
rivière, et les suivre jusqu'à la mer.

La mer ou la montagne, jamais nous n'y étions allés.
Trop cher, en plus il fallait s'habiller, acheter des vêtements,
des serviettes de plage, des pelles et des seaux, sans compter le voyage. D'après maman, il valait mieux s'installer
dans le canapé pour regarder un documentaire. Si les

choses paraissaient moins réelles derrière l'écran, on ne risquait pas de claquer des dents ni de recevoir du sable dans les yeux. Grâce à la télécommande, on pouvait se balader des journées entières sans changer de place, un coup de pouce suffisait pour se déplacer. On n'avait pas besoin de marcher pour arriver quelque part.

— C'est encore loin ? j'ai demandé.

— On va prendre le train des esclaves. Ensuite, on s'achètera un vrai billet, en *first class*, direct pour l'Atlantique.

Pierrot connaissait le nom des mers. Son père avait été pirate, marin perdu et contrebandier. Pour échapper aux garde-côtes, il avait traversé le détroit de Gibraltar, entre le Maroc et l'Espagne, à la nage au milieu des requins. Et Pierrot racontait toujours cette histoire avec un œil bandé et un couteau entre les dents. Des conneries, parce que son père, jamais il ne l'avait connu ailleurs qu'en prison.

— Tu sais où on le prend, le train des esclaves ?

— Parce que tu le sais pas ?

Je le savais, je désirais seulement casser le silence et oublier la nuit. Ici, tout le monde le prenait le train des esclaves. Même maman. Mais maman, c'était à l'inverse des autres. Les autres montaient dedans le matin, à l'aube, quand tout était gris, que le ciel, au loin, commençait à blanchir. Ils surgissaient de nulle part, nés de la lumière des halls, éjectés de leurs lits, vite dehors, avec une cigarette aux lèvres et un café dans le ventre.

Arrivés à la gare, on s'est installés le dos au mur et, assis sur nos talons, on a guetté l'apparition des zombies. Petit à petit, ils sont sortis de l'obscurité, pareils à des robots, le dos voûté et le visage sans expression, la figure mal dessinée. Ils m'ont fait penser à Rachid, à sa peau brûlée, collée trop près des os. Ils avaient les mêmes yeux, sans lumière, comme notre mère le matin, avec ses cigarettes qu'elle allumait devant la télé, fatiguée d'attendre le jour pour se coucher.

— Tu verras, a dit Pierrot, une vraie gare, c'est différent.

Je l'ai vraiment trouvé con, parce que moi, le train, le vrai, je l'avais déjà pris, deux fois, pour me rendre chez mon père. Il habitait pas loin de la mer, dans un coin où il pleut tout le temps.

— Pourquoi on va pas chez mon père ? j'ai demandé.

— Dans sa baraque ? Sur le chantier et avec les putes ? On se ferait prendre tout de suite.

Je ne l'avais pas vu depuis deux ans, depuis qu'il travaillait dans le ciment et le béton, pour construire un aéroport.

— Peut-être que c'est fini maintenant. Que les avions, ils atterrissent sur la piste. On pourrait même en prendre un pour aller en Amérique…

— Tais-toi, tu dis que des conneries.

Je disais n'importe quoi, oui, parce que s'il l'avait fini son aéroport, il serait revenu à la maison, avec nous et maman. Mais bon… J'ai allumé une cigarette et continué à regarder les gens se regrouper à l'entrée de la gare. Ils étaient de plus en plus nombreux, presque tous habillés pareil.

— Faut partir, a dit Pierrot. Tu comprends ?

— Tu crois que ça existe ?

— Quoi ?

— Ce qu'on dit à l'école, le ventre des villes ?

Il ne m'a pas répondu. De toute façon, il m'aurait dit que c'étaient des conneries. Mais moi, je savais. Tous ces gens autour de nous alimentaient le ventre des villes. Ils en étaient la substance, le cœur et les poumons. Et ils enlevaient des enfants, les plus méchants, pour les attacher dans de gros fauteuils de dentiste, sous terre, afin de pomper tout leur sang et nourrir la ville.

— Faudrait les tuer, j'ai dit. Tous les tuer pour les empêcher de nous torturer.

— Tu veux ?

Il a tendu son index, levé son pouce et imité le bruit de son revolver. Bing, bing… Personne n'est tombé, personne ne s'est attrapé le ventre en hurlant. Au contraire, ils se sont tous mis en marche. J'ai même cru qu'ils allaient se jeter sur nous pour nous entraîner sous terre.

— Le train arrive, a dit Pierrot.

En me levant, j'ai pensé à monsieur Lartigue, le salaud qui avait viré maman. Lui, moi, j'aurais aimé ça, le tuer.

6

Le train avait défilé devant un tas d'immeubles pourris avant de s'engouffrer dans un long tunnel éclairé de publicités. Derrière les vitres, je reconnaissais les marques des machins impossibles à acheter. J'étouffais, la place manquait. Des gens montaient et s'entassaient toujours un peu plus autour de nous. Pour respirer, je me suis concentré sur les rails, les différentes voies ferrées. Elles luisaient sous les lumières électriques, se chevauchaient ou s'entre-coupaient, s'écartaient à l'approche de chaque arrêt, mais je me sentais mal, pas à ma place. Je lisais des accusations sur les bouches cousues, j'entendais les mêmes mots dans les têtes, les mots du soir, du journaliste derrière l'écran, les sons de la violence et de la délinquance. Plus que de l'inquiétude, c'était de la haine qui était plantée dans leurs sourcils, une barre bien creusée dans les rides, juste au-dessus des yeux.

J'ai essayé de les ignorer et j'ai allumé une cigarette. Recroquevillé dans mon coin, le front sur la vitre, j'ai zappé les pubs et scruté le ciel. Je voulais voir, savoir si une petite flamme n'essayait pas de quitter notre monde trop gris pour le paradis.

— Maman ! j'ai hurlé dans ma tête.

Tout était fini, j'étais un petit oiseau envolé hors du nid, il ne me restait qu'à battre des ailes ou m'éclater la gueule sur le trottoir. J'ai décidé de voler, de monter de plus en plus haut.

— C'est interdit !

Interdit quoi ? Interdit d'oublier sa mère accrochée derrière une porte, de voler haut dans le ciel ? J'ai changé de paysage, noyé mon regard dans un œil noir et vu, sur ma poitrine, un doigt tendu.

— C'est interdit de fumer, vous entendez !

Ils m'ont entouré et j'ai senti la colère transpirer de leur visage. L'air s'est soudain chargé d'électricité, comme en été, avant que l'orage n'éclate et que le tonnerre gronde.

— Arrêtez ! a hurlé Pierrot.

Ils ont reculé, levé la tête et vu le gros revolver. La haine avait disparu de leurs yeux. Ils se figuraient déjà bien placés à la une des infos, entre les bombes et les attentats.

— Foutez-lui la paix ! Maman est morte aujourd'hui !

Mais elle était morte hier, et sous le drap blanc, son corps devait maintenant sentir autre chose que son parfum préféré. Une boule a roulé dans mon estomac, a creusé un trou noir autour de moi. Et je suis tombé dedans, sans essayer de battre les bras. Je me noyais, les poumons serrés par une force invisible. Des murs se sont rapprochés et se sont emboîtés les uns dans les autres pareils à des Lego. J'étouffais entre ces briques de plastique, j'étais maintenant prêt à partir, à échanger toutes les bouteilles de mon cartable contre une peau de bison, une fourrure douce et chaude, aussi chaude qu'une maman vivante un dimanche matin.

7

— **D**is, c'est vrai qu'ils ont vendu New York pour un dollar ?

Pierrot ne m'écoutait plus. Depuis qu'on avait giclé du train de banlieue, il me tirait, m'obligeait à me faufiler dans la foule.

J'ai marché, longé des couloirs, grimpé des marches, pris sur la droite ou sur la gauche, me suis fait bousculer. Et Pierrot me serrait la main, m'aboyait dessus, me traînait comme un bagage inutile. Dépêche ! J'essayais d'avancer plus vite, de ne plus me cogner, d'éviter les coudes et les jambes. Prisonniers d'une vraie fourmilière, perdus au milieu de petits insectes grouillants, affolés et inquiets, j'aurais aimé m'arrêter et observer ce monde de haut. Peut-être que je leur aurais aussi foutu le feu avec une allumette, simplement par méchanceté, parce que j'en avais marre d'être bousculé. Grouille ! Avancer, toujours. Foncer, suivre, se taper des escaliers, souffler et continuer, remonter du sous-sol et trouver le train, le vrai, celui qui nous conduirait direct de la terre au ventre du bateau blanc. Je devinais déjà la mer, l'étendue d'eau salée, partout, avec au loin la statue de la Liberté et les Peaux-Rouges.

— C'est loin l'Amérique ?

Pierrot m'a arraché le bras et m'a poussé devant lui. Nous étions enfin arrivés dans la gare, la belle, avec les boutiques, les bars et ces gens moins pressés assis sur de grosses valises. Les trains attendaient, leurs longs museaux gris alignés pour une course de vitesse.

— C'est lequel ? j'ai demandé.

Pierrot ne m'a pas répondu. Il réfléchissait, tentait de lire le panneau d'affichage. Les heures et les voies, le nom des destinations. Je me suis aussitôt imaginé dans un compartiment, tranquille derrière une vitre, les yeux rivés sur le paysage. Dormir et oublier, ne plus penser.

— C'est celui-là, a dit Pierrot, et vachement fier, on a été jusqu'au guichet.

Dans son bocal, le type nous a rien demandé, ni papier ni permission, il ne voulait rien savoir sinon encaisser son argent et changer de client. Nos billets en poche, Pierrot m'a invité à manger. On a provoqué une avalanche de cochonneries au chocolat et choisi nos menus pour la route. Le distributeur automatique a craché. Chips, madeleines et boissons à l'orange, de quoi tenir jusqu'au lendemain.

— Comme ça, on n'aura plus besoin de parler.

Mais j'ai été obligé, dans le train.

Elle était vieille, dans les trente-cinq ans, avec une veste de cuir, une jupe en jean et des boucles d'oreilles en forme de gouttes d'eau. Pierrot m'avait dit de repérer une bonne femme de l'âge à maman. De la repérer, de la suivre et de s'asseoir à côté. On ne devait pas voyager seuls, donner l'impression de faire une fugue.

Elle a souri et Pierrot m'a poussé sur la banquette. Je me suis senti gêné de me retrouver face à elle. J'ai détourné la tête, cherché d'autres visages derrière la vitre. Elle était encore plus belle dans le reflet. Sa peau claire, ses cheveux noirs en cascade et son décolleté. J'ai aperçu la fine bretelle de son soutien-gorge et j'ai baissé les yeux. Ses doigts attendaient le départ en pianotant sur un livre. Son livre et son journal, elle n'avait pas d'autre bagage. Je suis resté longtemps à la fixer, je croyais qu'elle aussi m'observait dans le reflet de la vitre, mais elle regardait dehors, les gens sur le quai. Il y avait des vieux et des riches, des bébés dans des poussettes, des étrangers et des militaires avec le crâne rasé et de gros sacs kaki. Ils partaient à la guerre. Partout, on en parlait. On disait que la fin du monde était proche, qu'on crèverait tous, carbonisés ou asphyxiés par les gaz toxiques. Pour survivre, il fallait acheter, entasser des provisions, remplir les placards de sucre et de farine, cacher la bouffe et la protéger des radiations nucléaires. Jamais M. Lartigue n'aurait dû virer maman. Son métier était utile, elle seule savait nettoyer, ranger et empiler les boîtes de conserve au milieu de son magasin. Mais il l'avait foutue à la porte et elle s'était pendue. J'ai arrêté de penser à elle quand mon pied droit a effleuré la jambe de la dame. Mon cœur a cogné, mes boyaux se sont tortillés et mon kiki s'est mis à grossir. J'avais une bosse dans le pantalon. J'ai voulu le dire à Pierrot, mais il s'est levé en me laissant son flingue sur les cuisses, roulé dans son blouson.

— Tu me gardes ça, je reviens.

Je me suis retrouvé seul face à la dame, mon kiki bandé et le revolver chargé.

— Ça va ? elle a demandé.

J'ai hoché la tête et pensé aux balles du revolver. Elles pouvaient exploser à la chaleur de mon corps, tuer au hasard. Bouche ouverte, j'ai essayé d'avaler de l'air et de reprendre une respiration normale. Mon cœur ruait dans ma poitrine. Il donnait des coups, tentait de s'échapper. Quand j'ai été capable de répondre, de la regarder bien en face sans penser à autre chose, j'ai tendu un doigt vers son livre.

— Je l'ai lu, j'ai dit, à la bibliothèque de l'école.

Jamais je n'avais compris comment un homme pouvait se battre toute une nuit avec un poisson en pensant à des

lions qu'il avait vus en Afrique. J'avais raconté cette
histoire à Pierrot, à l'époque où il voulait devenir pirate et
vivre sur l'eau. Je lui avais souvent relu le même passage,
un du milieu, quand le vieil homme se bat avec les requins
pour les empêcher de dévorer son beau grand poisson.
Pierrot me contait ensuite des aventures de pirate, de
trésor et de navires espagnols, il m'expliquait les abor-
dages, les coups de sabre et les techniques pour arracher
un œil avec une simple petite cuillère.

Maintenant, on va être des Indiens, j'ai voulu dire à la
dame.

Et je lui ai dit, plus tard, le train roulait depuis longtemps. Pierrot dormait, tête sur mon épaule et bouche ouverte. La main sous son blouson, il serrait la crosse de son
revolver et guettait les silences de son sommeil.

— Indiens ? elle a dit, étonnée.

J'ai essayé de me rattraper, de lui faire croire qu'on se
rendait chez mon père, à l'aéroport, dans sa baraque au
bord de la piste d'atterrissage. Au lieu de m'écouter, elle a
ouvert son journal. Derrière la vitre, le paysage défilait. Les
champs avaient remplacé le béton. Des taches de différentes couleurs apparaissaient par endroit. Des coquelicots
et du colza. Maman nous avait appris leurs noms avec des
photos découpées dans des prospectus. Il y avait aussi des
vaches au loin et de petits clochers perdus au sommet des
collines. À un moment, j'ai cru sentir la mer.

— Julien, Julien Henry ! C'est comme ça que tu t'ap-
pelles ?

J'ai sursauté, Pierrot s'est réveillé. La dame venait de
crier mon nom et de replier son journal d'un coup sec
comme pour écraser une saloperie d'araignée.

— Non, madame, a répondu Pierrot. Pourquoi ?

Moi, je savais bien pourquoi, j'imaginais déjà les photos, maman sous son drap et Rachid dans la cave. Pierrot

aussi devait avoir pigé, même s'il demandait encore pourquoi avec ses sourcils en accent circonflexe. Pourquoi? Pour rien, elle a répondu, mais à sa façon de nous dévisager, j'ai compris que nous n'étions plus vraiment des petits garçons pour elle. Le poing fermé sur ses lèvres, elle voulait appeler, demander de l'aide.

— Viens, a fait Pierrot. On va retrouver maman.

Il m'a tiré par la manche et la dame nous a de nouveau regardés. Elle avait la tête de quelqu'un qui vient de gifler un enfant par erreur, les lèvres tremblotantes et le menton tout ridé vers le bas.

— Notre mère, il a rajouté. Elle est au rayon cancer, chez les fumeurs.

Il a souri, un grand sourire, et, à la place de son journal, la dame a repris son livre. Elle en était à la fin, quand le vieux arrive sur la plage avec la pauvre carcasse de poisson crevé.

— Ramasse ton sac, a fait Pierrot en me donnant un coup de coude, on file.

8

Il m'en voulait à mort. T'es con, il a dit, sans elle, on serait à la mer.

Il ne nous restait plus qu'à marcher.

Heureusement, on a rencontré les naufragés, de drôles de gars, avec de drôles de chiens, qui souriaient pour un rien.

Le premier avait les cheveux gras, des yeux rapprochés et une gueule de flic de supermarché. Il buvait, et du vin dégoulinait de son menton. Assis dans le passage souterrain, il semblait nous attendre, nous guetter depuis toujours. Son chien sentait mauvais.

— T'as pas une pièce, le môme?

J'ai fait un pas de côté et me suis collé à Pierrot. Il m'a repoussé. Par ma faute, on devait continuer à pieds, plus de deux cents kilomètres. J'ai failli m'excuser, mais je me suis tu et j'ai enjambé le clodo.

— En plus, on sait même pas où on est!

Si, je sais, j'ai répondu. J'avais entendu le haut-parleur en descendant sur le quai : *vous êtes bien arrivés à…, pour les correspondances, veuillez emprunter…* Mais on n'avait pas de correspondance, on avait juste nos jambes pour marcher.

— Où on va?

— Tais-toi et avance.

J'ai suivi, le cartable pesait plus d'une tonne au bout de mon bras.

— Eh, mômes ? Y'a quoi là-d'dans ?

Le deuxième était blond, maigre, recroquevillé sur lui-même et habillé d'un costume pourri.

— Eh, le gosse, qu'est-ce qu'y a dans ton sac ? T'es pas à l'école ?

Quand il s'est déplié pour nous suivre, Pierrot a tendu son majeur, bien droit. Les yeux dans les yeux, la haine au cœur, il aurait tout aussi bien pu lui décharger le revolver dans la poitrine.

— P'tit con, a fait le type.

Petit con... Pierrot n'a pas cessé de me répéter ces deux mots. Dans la rue, au milieu des bagnoles, j'ai été obligé de lui demander d'arrêter, j'en avais marre de me faire insulter, je n'arrivais pas à me concentrer pour lire les pancartes autour de nous.

— Et si on prenait un autobus ?

— Pour se faire piquer ? On devrait être à l'école, là.

J'avais oublié, complètement. Je me suis soudain souvenu des autres. De la classe, des tables et des chaises, de tous nos dessins accrochés au tableau. Sur le mien, mon tourbillon de fumée montait bien droit dans le ciel et mes personnages tombaient parfaitement des tours, en chute libre, avec des pirouettes et des culbutes, au ralenti, comme des parachutistes, mais trop près des murs, en se cognant la tête à chaque étage. J'avais aussi dessiné ceux qui attendaient pour sauter, se fracasser le corps dans la poussière. CRACK ! BING ! AARRRCH ! Avec des feutres, j'avais rajouté le bruit des os sur ma feuille, ils se cassaient en grosses lettres, avec des points d'exclamation. Il y avait plusieurs dessins au tableau, avec encore de la fumée, les deux avions et les pompiers couverts de cendre, peints en gris. De penser à ma classe, je me suis mis à penser à l'Amérique. Je n'étais plus certain de vouloir y vivre, j'avais peur de finir dans un sous-sol, une aiguille plantée dans le bras, à donner mon sang à la ville, pour qu'elle respire, bouge et s'anime, pour que son gros cœur tout gluant puisse battre à nouveau. *Toukoum... Toukoum... Toukoum...* J'étais sûr qu'à New York on nous attacherait avec une chaîne, pour nous obliger à travailler, à sortir les morts des égouts. *Toukoum... Toukoum... Toukoum...*

— Dépêche !

Pierrot m'a arraché le bras et j'ai traversé une autre rue.

— Il faut appeler la police, j'ai dit. Je veux rentrer chez nous.

Les égouts et les cadavres, je creusais encore dans ma tête, je ramassais des corps calcinés. J'ai pris une baffe, Pierrot m'a demandé si j'avais oublié Rachid.

— Non, j'ai répondu.

La joue brûlante, j'ai continué à marcher et à traîner mon cartable. Encore des rues, des voitures et des panneaux illisibles. On avait tourné en rond, sans tout comprendre. Finalement, on a retrouvé les clochards dans le souterrain de la gare. Ils étaient affalés le long du mur.

— Eh, les mômes ! Z'avez pas trouvé la sortie ?

Ils se sont marrés, même le chien on aurait dit qu'il souriait.

— Si vous voulez, on peut vous aider, a dit le blond en filant un coup de coude à son copain.

Ils ont ri, montré leurs dents jaunes et cassées. On aurait dit des têtes de magazines télé, avec les yeux crevés, des trous noirs dans la bouche et des cicatrices à la Frankenstein partout sur le visage. Maman aimait les défigurer quand elle s'ennuyait, ce truc la rendait heureuse.

— Alors quoi ? Vous êtes paumés, les mômes ?

On était perdus, complètement, et recherchés par la police. Mais, sans journaux ni télévision, ils ne pouvaient pas savoir. Je me suis approché du chien et on s'est assis à côté d'eux.

— Moi, c'est Karl, a fait le grand blond. Lui, c'est Johnny. C'est un milliardaire. Il peut vous conduire sur son île.

Karl a parlé de sable fin, de palmiers et de vagues qui vous réveillaient tous les matins. Il a demandé si on voulait visiter l'île et voir les filles nues épinglées sur leurs murs. On ne savait pas, on n'a pas dit non. Mais grâce à eux on était devenus invisibles, les gens qui passaient nous ignoraient. Le mur de briques nous avait avalés, on pouvait les suivre. Et, en attendant de partir, j'ai caressé la tête du chien.

9

Rien n'existait, ni les cocotiers ni les filles nues, Johnny n'était pas un vrai milliardaire. Je me suis méfié quand la camionnette est arrivée, j'ai pensé au pire. Ils étaient capables de nous vendre à de méchants dentistes planqués sous la terre.

— C'est quoi, ces gosses ? a demandé le nouveau venu.

— Des frangins, a répondu Johnny.

Karl nous a poussés à l'arrière du véhicule et Pat, le conducteur, a aussitôt refermé la portière en râlant. Il faisait noir. Je me suis assis sur une couverture humide et j'ai cligné des yeux. Les vitres étaient trop sales pour laisser passer la lumière, on ne distinguait pas la rue. J'ai pensé aux égouts, aux *serial killers* de nazis qui nous attendaient pour vider notre corps. J'ai fermé les paupières, me suis concentré sur les bruits extérieurs. Me repérer, être capable de m'échapper, de courir au plus vite vers la gare. Le moteur et la voix du chauffeur, d'autres sons ont martelé mes tympans, un bout de ferraille sur le plancher, peut-être un cric ou une roue de secours, et des cris d'enfants. On a dû rouler devant une garderie ou une école, un super-marché, un de ces endroits où il y a plein de voitures avec des gosses qui courent au milieu. Ou pire, on était déjà dans le tunnel, bientôt attachés sur de gros fauteuils en cuir.

— T'es malade ? a marmonné Karl, me caressant les cheveux.

J'ai remué la tête, de gauche à droite, et j'ai continué à écouter, à essayer de deviner d'où provenaient les bruits. Soudain, la camionnette s'est arrêtée et je me suis cogné la tête.

Des pas ont crissé sur du gravier.

— On est arrivés, a dit Johnny. Voici mon île secrète, il a rajouté en ouvrant la portière.

De la lumière… Pierrot a immédiatement fait la gueule. L'île n'était qu'une maison, une vieille bâtisse perdue sur un champ d'herbe, avec un volet rouge, il pendait comme un œil crevé. J'ai pensé à une grosse tête, borgne et ridée, posée loin de la mer et abandonnée. L'intérieur était pire. Des moisissures grimpaient le long des murs, des plaques vertes ou blanches, elles recouvraient le plafond, dessinaient des auréoles sur les affiches de femmes nues. Des plastiques étaient tendus aux fenêtres et un escalier montait dans le vide pour arriver sous les toits. Du bas, à travers les tuiles, on voyait le ciel.

Karl a sorti une poignée de monnaie du fond de ses poches, les pièces ont roulé sur la table de la cuisine.

— J'ai rien d'autre, il a murmuré.

Des pièces jaunes… Maman les appelait des graines de désespoir, mais elle se baissait toujours pour les ramasser. Là, elles ressemblaient à de parfaits petits éclats de verre bien coupants, personne ne voulait y toucher. Un silence, la maison borgne retenait sa respiration. Pierrot m'a arraché le cartable des mains et il l'a soulevé au bout de ses bras, pareil à un trésor.

— Fais voir, le môme !

Quand Pierrot a sorti la bouteille de whisky, j'ai compris qu'ils étaient comme nous, des enfants sans mère, et qu'il faudrait faire attention, parce qu'un enfant perdu, ça pouvait vite devenir un enfant méchant.

10

— Si tu parles, je te tue !
Un réveil difficile, le canon de son revolver était froid sur mon front.

Je m'étais endormi tard, après avoir écouté ses histoires sur les Indiens. Il les avait bien racontées, avec la poudre et les flèches, le sang des hommes dans la plaine. Les larmes avaient coulé dans la maison borgne et les naufragés avaient bu le whisky, une gorgée pour chaque Indien mort, une autre pour chaque soldat scalpé. Avec les étoiles dans le ciel et les bougies sur le carrelage, on aurait pu se croire dans un désert, près d'un feu de camp. Mais Pierrot nous faisait galoper, courir derrière des chevaux sauvages. Custer, la bataille de Little Big Horn et la vengeance de Sitting Bull. Il avait tailladé le ventre des soldats blessés et cousu des fourmis rouges à l'intérieur. Les hommes hurlaient, le bruit des mandibules était effrayant dans la nuit. J'avais rapetissé, je m'étais blotti contre la chienne de Johnny. Il nous l'avait présentée en arrivant, elle et ses dix petits. Je l'avais caressée, près d'elle j'avais oublié le cri des soldats torturés et le rire des trois autres. Je m'étais mis à bâiller à l'arrivée de Buffalo Bill, le grand boucher, celui qui avait flingué tous les bisons pour affamer les Indiens. Comme un inspecteur de l'assistance, avait expliqué Pierrot, un type qui te coupe l'aide sociale et vide ton frigo pour simplement t'empêcher de bouffer et de nourrir tes gosses.

— Un enculé! avait gueulé Karl.

Roulé dans un sac de couchage, j'avais fermé les yeux. Le tissu sentait le chien mouillé mais j'étais bien. Je voulais dormir, oublier l'autre, le salaud de Lartigue, le Buffalo Bill du supermarché.

❏

— T'as compris! Si tu parles, je te tue!

Dire quoi? Expliquer maman, Rachid? Il pouvait me tuer, à bout portant, dans la tempe ou dans le cœur, je m'en moquais. J'ai repoussé le canon froid de son arme et je suis descendu à la cave. Kaboul allaitait ses petits. Ils tétaient son ventre blanc, les uns sur les autres, mélangés, tous pendus à ses tétons. Elle les surveillait, les comptait et les recomptait, elle était comme une mère qui regarde ses enfants et ne sait plus très bien où les ranger, même s'ils ne sont que deux.

— C'est tes petits loups? j'ai demandé.

Elle a souri, un sourire de chien, les babines ouvertes et baveuses.

— Maman, elle m'appelait son P'tit loup, j'ai dit.

J'ai senti sa langue gluante sur ma peau. Je me suis essuyé et j'ai posé mon front sur son museau. On est restés sans rien dire, à attendre le réveil des autres, le bruit des pas à l'étage. Je suis remonté plus tard, quand j'ai été sûr que Pierrot ne veuille plus vraiment m'assassiner.

— Les mômes, ça m'a donné une idée.

Johnny était devant la fenêtre, emmitouflé dans une grosse couverture de laine, les jambes nues, plantées dans ses godasses pourries.

— C'est quoi l'idée?

— Le boulot. On va se faire du blé, et rapide !

Le blé, à la maison, on en manquait toujours. Et quand maman regardait par la fenêtre comme Johnny, les bras serrés sur la poitrine et le regard au loin, j'imaginais déjà le retour du supermarché, les steaks collés sur la peau et la peur de laisser des empreintes de sang sur la voie ferrée. Sans bruit, je me suis approché de Paco, le gros chien de la gare, et je l'ai pris dans mes bras. Le boulot, j'avais deviné, ils allaient vendre les chiots à un Chinois, pour un restaurant.

— C'est ça ? j'ai demandé. Vous allez les emmener pour les manger ?

Ils se sont retournés et ils ont ri, de gros rires, les mains sur les côtes. Pierrot aussi riait. Non, personne ne voulait les manger. Les chiens, surtout les petits, ouvraient plus facilement les porte-monnaie, les passants en avaient toujours pitié.

— Vous voulez vous servir de nous pour mendier ?

— Pas exactement, gamin. On va aller chez mon oncle, et je te jure qu'y va être content de nous voir. C'est pour ça qu'on a besoin de toi, pour l'obliger à ouvrir sa porte.

Et Johnny s'est passé la langue sur les lèvres, comme un chien. Mais les chiens, eux, ne ressemblaient jamais à des fous furieux.

11

— D'accord, le môme ? Tu tiens la main de ton frangin et tu chiales.

J'ai souri, et aussitôt pris une baffe. Du sang a coulé de mon nez et Johnny s'est félicité du résultat. C'est mieux comme ça, il a dit, et il nous a montré la porte.

On avait quitté la maison bancale vers midi, à l'heure de fermeture des magasins, pour être sûr de coincer son oncle au retour du marché, de la bouffe plein ses filets. Une blague, avait répété Johnny, on va bien se marrer, mais les deux autres n'avaient pas ri en montant à l'arrière de la camionnette, ils s'y étaient même laissé enfermer en silence, le front creusé de rides. Moi, je m'étais installé en avant, à côté de Johnny, et, pour une fois, j'avais pu regarder derrière la vitre. Je m'étais amusé à compter les enfants dans la rue, ceux qui paraissaient heureux de tenir la jupe de leur maman, et les solitaires, ceux qui longeaient les murs, les mains dans les poches, le regard comme un couteau, planté sur le trottoir. J'en avais compté une vingtaine avant que Johnny change de route, quitte le centre-ville, avec les écoles et les mamans, pour arriver dans un quartier calme, avec de vieilles maisons de trois étages, des grilles devant les jardins, et du lierre partout, sur les murs et même autour des fenêtres. Il avait freiné devant un de ces pavillons et on était descendus.

C'est là que j'avais pris ma baffe.

— Compris, le môme ! Tu vas sonner et attendre que le vieux t'ouvre la grille. Une fois dans le jardin, tu lui expliques que t'es perdu, que tu veux téléphoner à ton père ou à ta mère, et tu t'approches l'air de rien. Quand t'es à côté de lui, tu fonces et tu lui mets un bon coup de boule dans le ventre. Toi, le petit, t'as juste à pleurer ! Je vous jure, c'est qu'une blague, rien d'autre. Allez, au boulot, sinon je t'en colle une à toi aussi.

Pierrot l'a regardé droit dans les yeux. Il attendait sa baffe, les mâchoires serrées et les poings fermés.

— Qu'est-ce t'as ? Tu veux ma photo ?

Johnny a levé la main, pour frapper, et il s'est retrouvé avec l'index de Pierrot planté dans le front, pouce levé, à la manière d'un revolver. J'ai pensé au vrai, dans ses poches, et je me suis mouché. Ils sont restés ainsi quelques secondes, face à face, et Pierrot a tiré. Il m'a ensuite obligé à traverser la rue en courant et il a appuyé sur la sonnette. Ils se sont tous planqués, sauf Johnny. Resté au milieu de la chaussée, il se frottait le crâne, là où la balle imaginaire de Pierrot l'avait frappé.

— C'est pour quoi ? a fait une petite voix.

On a entendu des pas fatigués et la serrure a tourné deux fois sur elle-même. La porte ouverte, on s'est retrouvés devant une chaîne et une tête de tortue au bout d'un long cou sans chair rentré dans un col de chemise.

— C'est pour ma maman, a dit Pierrot, elle est morte.

Je me suis remis à pleurer, avec de vraies larmes, un vrai hoquet et un mélange sanguinolent qui me dégoulinait du nez jusqu'au menton.

— Pauvre petit… C'est un accident ?

Et comme pour la grand-mère avec le loup, il a tiré la chaîne, ouvert la porte et cherché notre mère sous les roues d'une voiture. Il voulait peut-être se rendre utile avec ses petits pas, sa petite tête et sa carapace de toile trop fragile pour le protéger du froid. Pierrot l'a frappé, dans le ventre, et le petit vieux a soufflé, rebondi et craqué avant de glisser sur le parquet. Dos au mur et jambes écartées, il s'est retrouvé assis à côté d'un gros vase. Il a suffoqué, cherché son souffle et s'est agrippé au vide avant de perdre connaissance. Il s'est réveillé plus tard, dans les bras d'un inconnu.

— T'inquiète, grand-père, on va pas te bouffer, a fait Johnny en le transportant.

La porte refermée, ils s'étaient installés comme chez eux, autour de la table de la salle à manger, le grand Karl devant l'assiette fumante du vieux, déjà à piquer dedans avec une fourchette.

— C'est mon oncle! Hein, mon oncle? Allez, dis-moi que tu me reconnais! a chantonné Johnny en faisant valser le petit bonhomme dans ses bras.

Le grand-père a continué à faire la tortue, planqué dans sa coquille, bien à l'abri de son col de chemise.

— T'en veux? m'a demandé Karl en me tendant un morceau de pain gorgé de sauce.

Sûr que j'en voulais. Et je me suis vite approché de la table pour ne pas voir ce qu'ils allaient faire avec le petit vieux dans l'autre pièce. J'ai pensé aux soldats torturés, aux intestins bouffés par les fourmis rouges, et j'ai croqué, avalé tout ce qu'il y avait dans l'assiette, les oreilles bouchées de l'intérieur, pour ne pas entendre les autres tout casser et fouiller partout.

— Ton fric, il est où? a crié Johnny.

Comme le vieux ne répondait pas, ils se sont installés autour du plat en sauce, avec des assiettes propres et l'oncle de Johnny tout saucissonné sur une chaise.

— Parlera bien plus tard, a grogné quelqu'un.

— On pourrait lui arracher un œil, a dit Pierrot. Avec une petite cuillère.

— Avec une petite cuillère ? a fait Karl, dégoûté.

— Comme un œuf à la coque, a répondu Pierrot. C'est simple, j'ai vu ça dans un film.

Il avait tout vu dans les films, il croyait même que la vie c'était comme du cinéma, avec une bande-son et des acteurs au générique, qu'on pouvait la faire avancer à volonté, ou l'arrêter et la faire revenir en arrière.

— Putain, le vieux !?

Le monsieur était devenu blanc, blanc-bleu, presque violet. Et il a piqué du nez, endormi d'un seul coup.

— C'est un malaise, a dit Karl. Une rupture d'anévrisme ou un infarctus !

J'ai pensé infarctus, à cause de l'orthographe, mais au fond de moi, je me suis bien douté que ça devait être son dentier. Il avait dû l'avaler, et les dents, habituées à croquer à la même heure, avaient fini par le bouffer de l'intérieur, comme dans *Alien*.

— Merde ! Faut faire quelque chose !

On a simplement ramassé ce qu'on a pu et on a dégagé au plus vite. Johnny a foncé, appuyé sur l'accélérateur et mis une cassette de rock and roll pour oublier le petit vieux et son dentier de porcelaine.

— Faut plus penser à ça, les gars.

Tard dans la nuit, ils en ont pourtant reparlé. Karl a demandé ce qu'il fallait faire des mômes et j'ai compris qu'ils comptaient nous enterrer dans le jardin. Sans bruit, je me suis levé, j'ai pris mon blouson, et je suis descendu à la cave dire au revoir aux chiens. Paco dormait, mais Kaboul surveillait ses petits. Je les ai tous embrassés, sauf un, le plus maigre, et je suis remonté réveiller Pierrot, les mains serrées sur mon ventre.

— Faut partir, j'ai murmuré, et c'est pas des conneries.

12

Seize, c'est le nombre de rues qu'on a dû traverser en descendant la grande avenue. Huit, c'est le nombre de personnes qu'on a croisées. Cinq, c'est le nombre de chats que j'ai vus sur les toits ou autour des poubelles. Vingt-deux, c'est le nombre de voitures qui nous ont obligés à fermer les yeux pour ne pas être éblouis comme des lapins. Et 12 952, c'est le nombre de pas que j'ai faits en me récitant les verbes « grandir » et « marcher » à tous les temps de l'indicatif, même au futur de l'intérieur, avant qu'on arrive sur cette espèce de grand stade éclairé par des projecteurs.

Il était immense, vide, illuminé de partout.

— C'était même pas son oncle, j'ai dit en regardant autour de moi, et en plus, ils voulaient nous enterrer sous la mauvaise herbe ! Dis ? On est où, là ?

Et vingt-quatre, c'est le nombre de projecteurs que j'ai pu compter jusqu'à ce que Pierrot me donne une réponse, la mauvaise.

— Ch'ais pas, il a dit.

On a continué à regarder autour de nous, à attendre qu'il se passe quelque chose. J'ai même crié fort, le visage vers les étoiles : on est là ! J'ai crié pour maman, pour me donner du courage et aussi pour que les extraterrestres arrivent et nous embarquent avec eux, loin, sur une putain de planète pourrie, pleine de monstres comme dans les

Gameboy, pour qu'on puisse mieux s'occuper la tête en leur tabassant la gueule.

— T'as entendu ? a fait Pierrot.

— Quoi ? j'ai demandé.

Mais je savais, j'avais entendu, parfaitement.

— Y'a quoi, sous ton blouson ?

Je l'avais tenu depuis le début, toujours avec la même main, en comptant dans ma tête, pour oublier son poids et le million de fourmis qui me couraient sous la peau. J'ai descendu ma fermeture éclair, toujours en le soutenant, et je l'ai montré à Pierrot.

— Putain, je le crois pas ! T'as piqué un chien.

— Un bébé, j'ai répondu, le plus petit. Kaboul l'oubliait tout le temps pour la tétée. Je vais l'appeler P'tit loup, comme maman elle nous appelait quand elle était heureuse et qu'elle fumait ses cigarettes en nous regardant avec ses grands yeux. P'tit loup, c'est beau, non ?

— C'est con, a fait Pierrot.

J'ai haussé les épaules, refermé mon blouson et attendu. On ne pouvait pas rester au milieu de ce terrain illuminé une éternité entière.

— Qu'est-ce qu'on va faire ?

— Marcher, a répondu Pierrot.

Et j'ai recommencé à compter, en conjuguant « marcher » au futur simple. Je marcherai, tu marcheras et nous marcherons, toi et moi, avec P'tit loup, pour n'importe où. Et tu marcheras encore, toujours, jusqu'au bout de la terre, plus loin que les Sioux ou que les Iroquois. Et sans chaussures ni chaussettes, jusqu'à revenir au point de départ, comme dans ce con de jeu de Monopoly, avec la prison pour délinquants. Et nous marcherons, tous ensemble, main dans la main, encore et encore, et on tournera en rond comme des prisonniers. Une, deux, en avant, marche ! Marche, marche, marche…

Et moi, j'en ai eu marre de marcher, de mettre un pied devant l'autre, comme dans la chanson. J'étais usé, complètement.

Et il y a eu ce bruit…

Un bruit de verre brisé sur le sol…

Une canette de bière…

Un bruit vivant…

13

J'ai tout de suite voulu savoir comment c'était en bas, si les enfants étaient attachés ou si, au contraire, on les enfermait dans des cubes de verre pour ne pas les entendre gueuler à chaque fois qu'une aiguille s'enfonçait sous leur peau. Puis j'ai vu sa cicatrice sur la joue, une sorte d'étoile filante qui lui glissait sur une moitié du visage, alors j'ai pas posé de question et, faisant bien attention à P'tit loup, je me suis accroché à sa taille.

— Tiens-toi bien, elle a dit.

Je me suis tenu, le scooter a démarré, la vitesse m'a soudé au siège et la nuit s'est aussitôt mise à défiler au ras du sol pour mieux s'enrouler dans nos roues.

Ils nous étaient tombés dessus à la sortie du stade, par hasard. Avec leurs capuches et leurs lames au bout des bras, j'ai cru qu'ils revenaient du monde d'en bas, qu'ils s'étaient échappés du ventre de la ville pour remonter à la surface, juste sous nos yeux. Qu'est-ce que vous foutez là ? Qui êtes-vous ? Avec Pierrot, on était restés collés le dos au mur, sans respirer, à attendre qu'ils sortent de l'ombre. Et ils étaient sortis, un par un, un peu comme des fantômes au sourire féroce. Il y avait Djab, Cousin Skeeter, Mickey, René et aussi Sabrina.

Sabrina et ses longs cheveux qui m'avaient fouetté le visage tout au long de la route.

Plus tard, elle a jeté des brindilles dans un feu et une lueur orange a illuminé son visage.

— Ici, c'est l'usine. Il y a de la bouffe et des couvertures pour tout le monde.

Je ne savais pas où on était. Je me souvenais seulement d'une petite route, d'un chemin de terre et du panneau « Propriété privée ». Des ronces cachaient les briques du bâtiment et un oiseau hurlait dans la nuit. Je me suis rapproché du feu et j'ai tendu mes mains au-dessus des flammes.

— On pensait que vous étiez des appâts.

— Des appâts ?

— Un piège, quoi.

Le stade était une arène, et ils y livraient une guerre sans merci contre les types de la sécurité. Sabrina les appelait les Dark Vadors, à cause de leur casque et de leur matraque, de longs tubes de métal qui découpaient l'obscurité en lanières et rendaient aveugle aussi vite.

— C'est pour ça qu'il faut brancher les projecteurs. Pour être à égalité avec ces salauds, a affirmé René. En plus, c'est moi qui attaque le premier.

Il n'hésitait pas à leur balancer n'importe quoi sur le coin de la gueule, de la ferraille, des vis et des boulons, ou des billes d'acier. Et les autres, les Dark Vadors, ils se bougeaient, le coursaient à mort, mais il s'échappait toujours et toujours il les amenait à l'endroit prévu pour la curée. Un jeu dangereux, une guerre, où tu pouvais perdre tes doigts, parce que les mecs de la sécurité, ça les dérangeait pas de te les casser un par un pour s'amuser.

— Et pour les filles, c'est pire, a rajouté Sabrina.

Il y a eu un silence autour du feu, des flammèches sont montées dans le ciel et Sabrina s'est caché le visage sous sa capuche avant de disparaître dans l'obscurité. Quand on a recommencé à respirer, je me suis rapproché de René et on a parlé de cailloux et de canettes remplies de sable.

— Avec du sable ou de la flotte, c'est la mort assurée, j'ai dit.

René a remis du bois dans le feu et P'tit loup s'est roulé en boule sur mon blouson.

— C'est cool, ici, hein ?

— Mon frère, j'ai murmuré, il veut devenir Indien et partir sur un grand bateau blanc.

Et, avec René, on a ri. On a ri parce qu'on était les plus petits et qu'on s'en foutait pas mal de savoir comment les grands baiseraient les Dark Vadors. On était tranquilles, heureux ; Sabrina veillait sur nous.

14

J'ai dormi, pas longtemps.

Quand je me suis réveillé, j'ai vu Pierrot et Sabrina danser ensemble. Mickey les surveillait. Il avait les yeux dans ses sourcils, le front tout plissé de rides. Il s'inquiétait pour Sabrina, il avait peut-être peur qu'elle étouffe le nez planté dans le cou de Pierrot. Je les ai ignorés et j'ai essayé de me rendormir. Mais je n'ai pas pu. Les mots de Sabrina avaient gâché mon sommeil, ils me tenaient éveillé. Sans parents, elle avait dit, les juges nous foutraient dans un foyer, comme elle, il y a longtemps. Et elle connaissait les foyers, surtout la nuit, quand les gémissements traversent les murs ou rampent sous les portes. C'est pour ça qu'elle avait fui, pour vivre heureuse, trouver une maison aux enfants perdus. Une maison où tu pourrais te *shooter* tranquille, avec de l'herbe ou de la colle, où tu pourrais aussi pleurer, péter ta crise sans que personne ne t'attache au pied d'un lit. Et comme maison, Sabrina, elle avait trouvé cet endroit, un vieux bâtiment pourri qu'elle avait appelé l'usine.

Et à l'usine, on était bien.

Elle nous avait parlé ainsi une partie de la nuit, peut-être pour briser nos rêves. Sa cicatrice aussi avait rebondi dans mes cauchemars. Elle luisait toujours sur son visage, comme une larme, une goutte de chagrin éternel.

Je me suis rendormi et réveillé encore, en sursaut.

Un dentier de porcelaine me poursuivait. J'ai crié, senti un liquide gluant sur ma peau. J'ai ouvert les yeux et cligné des paupières à cause du soleil. Le seul monstre vivant autour de moi me fourrait sa langue dans l'oreille. P'tit loup avait faim. J'ai repoussé la vieille couverture et je me suis levé. J'étais encore près du feu. Sabrina aussi était là, dans les bras de Mickey, ils étaient allongés, l'un dans l'autre, sous un gros sac de couchage de l'armée. Sans bruit, j'ai fouillé dans les cendres, cherché un reste de merguez pour P'tit loup.

— Qu'est-ce que tu fous ? a murmuré Djab.

J'ai expliqué, montré mon chien et dit que moi aussi j'avais faim.

— On vit pas dans les poubelles, a dit Djab, Sabrina l'interdit. Allez, viens, suis-moi !

Je l'ai suivi jusqu'à la baraque. Ils étaient tous dans la cuisine, une grande pièce avec des bacs immenses et des placards partout. Au milieu, entassées en pyramide, il y avait une montagne de boîtes de conserve.

— Ouah ! Elle est bien plus haute que dans le super-marché de maman.

— Tu choisis, mais tu fais gaffe. Si ça s'écroule, on meurt.

Je me suis approché, lentement, pour éviter de provoquer une avalanche de crème caramel ou de riz au lait. Il y avait de tout, même des choses que je n'avais jamais goûtées.

— Où vous avez acheté ça ? j'ai demandé.

— On l'a volé ! a répondu Cousin Skeeter. On l'a volé chez ceux qui entassent en prévision de la guerre.

— Nous, j'ai dit, à cause de la guerre, notre mère est morte. Ils pouvaient plus la garder au travail.

J'ai choisi une boîte avec de la viande, pour P'tit loup. Lui, je voulais pas qu'il souffre de la faim ou qu'il soit obligé de voler pour vivre. Puis, je me suis mis dans un coin et j'ai écouté Pierrot. Il était en train de parler de notre fugue et de Rachid.

Et il a tout raconté, même le pistolet qu'il avait trouvé dans la cave.

— C'est un revolver, il a dit, et avec ça, on pourrait baiser les Dark Vadors.

15

— Tu me laisses essayer ?

— Pousse-toi ! Dis pas de conneries !

On avait fini de construire le bonhomme, rien que des conserves entassées les unes sur les autres, par ordre de grandeur, les plus petites sur les plus grosses, avec une boîte de raviolis pour la tête. Pierrot avait eu cette idée dans la cuisine, quand à travers la fenêtre il avait vu Mickey dans les bras de Sabrina, collés dans le même sac de couchage, comme deux grosses saucisses à hot dogs. Pour leur faire peur, il avait dit, pour les réveiller en sursaut, avec un de ces Dark Vadors à côté d'eux, des conserves remplies de sauce, pour que ça gicle bien quand on déciderait de les dégommer.

— Laisse-moi commencer, a murmuré Cousin Skeeter.

Pierrot n'a pas répondu, le coup est parti et la tête du vigile a explosé.

— Tomate ! a crié quelqu'un.

— Un à zéro. À toi, a dit Pierrot en donnant son revolver à Djab.

Djab s'est mis à genoux, la langue sortie pour mieux viser. Il allait presser la détente quand Sabrina est sortie du duvet, nue. Elle a gueulé, nous a traités de bâtards, de fils de bâtard et d'enculés de notre race. Après je sais pas, je crois que j'ai arrêté d'écouter parce que mes yeux ne voulaient plus rien entendre. Je ne voyais plus que les poils blonds de Sabrina, ils brillaient dans la clarté du petit matin.

— Qu'est-ce que tu regardes comme ça ? T'as jamais vu de fille ?

Mais on était tous à regarder, à voir ce sexe juste sous nos yeux, à tous vouloir y toucher comme on touche un petit animal, en le poussant, pour vérifier s'il est toujours vivant. Elle a réagi, vite. Djab a pris une baffe, un aller et retour sévère, presque aussi bruyant que le premier coup de feu, et elle lui a arraché l'arme des mains. L'épouvantail s'est aussitôt fait dessouder. Sans viser, elle l'a coupé en deux, au niveau du bide. De grosses bulles ont giclé, des haricots et une sauce bien grasse. Mickey a hurlé, recroquevillé au fond de son sac de couchage. Pierrot avait ce qu'il voulait, il pouvait maintenant approcher Sabrina et poser un doigt sur sa peau nue.

— Touche pas ! elle a fait, comme si c'était une brûlure.

Et elle s'est retournée pour lui planter le bout du canon dans le front.

— Y'a pas un mec qui m'approche comme ça ! T'as compris ? Ici, je suis ta sœur et ta mère à la fois. Alors respect, d'accord ?

Personne ne lui avait jamais parlé ainsi, une fille encore moins, pourtant il crevait de trouille. Sabrina a continué à l'engueuler, le pistolet au bout du poing.

— T'as des munitions ?

— Fais-y voir, m'a ordonné Pierrot.

J'ai fouillé dans mon cartable. Il y avait plus d'une douzaine de balles dans une boîte, des balles rangées pareilles à de petits obus, à des fusées de cuivre et d'argent, à des suppositoires, de ces saloperies de médicaments que maman nous enfilait quand on était malades. Il en manquait une, je la gardais au fond de mes poches pour plus tard, pour l'envoyer au ciel rejoindre maman. Sabrina les a effleurées de son index avant de demander à Pierrot où il les avait eues.

— C'est mon problème, il a répondu en rougissant.

On a retenu notre souffle, le revolver était peut-être vide mais Sabrina pressait la détente, lentement, obligeant Pierrot à fermer les yeux alors qu'il aurait sûrement désiré les garder ouverts.

— T'as peur ? Tu veux me toucher ? Vas-y, essaie !

Moi, à sa place, j'aurais pas touché, je crois même que personne n'aurait oser approcher ce corps.

— Vas-y, je te dis, touche !

Pierrot a levé la main, fermé les paupières et tendu un doigt vers la poitrine de Sabrina.

— Eh mec, qu'est-ce tu fais ? a râlé Mickey, la tête en dehors du duvet.

Personne n'a répondu. Mickey, tout le monde s'en foutait. Il n'y avait que le sein de Sabrina qui nous intéressait. Un grand silence nous a soudain enveloppés, presque un bourdonnement, et il m'a battu dans les oreilles, au niveau des tempes.

Pierrot a effleuré le sein et Sabrina a tiré. Elle a tiré en l'air, vidé tout le revolver avant de le reposer sur le front de Pierrot et de tirer encore, à vide.

— Tu ne regarderas plus jamais une fille de la même manière. Tiens, je te rends ton jouet, on en aura besoin ce soir. En attendant, tu disparais, tu fais de l'air ! Vous faites tous de l'air, j'ai besoin d'être seule !

Nue, les bras levés au ciel, elle a hurlé avant de tomber à genoux. Ensuite, elle s'est recroquevillée et elle a pleuré, reniflé, et pleuré encore en touchant sa joue, là où se dessinait une étoile sur sa chair déchirée.

16

— SABRINA !

L'un de nous a crié son prénom, d'une tribune ou du milieu du terrain, loin, comme si c'était Dieu qui appelait ou encore les extraterrestres qui se mêlaient de nos affaires. Et juste avant ce cri, il y avait eu la détonation, un bruit terrible, un truc à vous crever les tympans jusqu'au fond de la cervelle.

— SABRINA !

Et il y a eu le Dark Vador, dans une fumée bleue, caché derrière son gros flingue à la con, une espèce de machin de l'espace, tout noir, sans reflet, fait pour tuer de près, avec des balles de caoutchouc, des balles exprès pour casser l'intérieur des corps.

On a tous vu l'homme, l'homme et Sabrina à ses pieds, allongée sur l'herbe mouillée, brisée, un sourire tordu accroché à son visage.

— SABRINA !

On a encore crié son prénom. On a appelé, appelé comme on avait appelé et crié toute la journée, pour qu'elle arrête de pleurer, de se rouler dans la cendre. Mais on n'avait ni réussi à la faire bouger ni réussi à la faire rire. Et pourtant on avait tous essayé. Quand elle s'était relevée, elle avait tracé des signes sur une moitié de son visage, des courbes et des lignes qui partaient de sa cicatrice pour griffer sa peau. Ça faisait bizarre, un peu comme si elle n'existait plus qu'à moitié, que d'un côté, et que de l'autre, c'étaient juste des gribouillis d'enfant, un dessin qu'elle aurait voulu offrir à quelqu'un il y a trop longtemps. Puis elle avait enfilé ses jeans, des bottes et rabattu sa capuche sur son visage. Et on l'avait suivie, on l'avait suivie parce qu'on savait qu'elle voulait qu'on aille là-haut, avec elle, et qu'on joue le jeu, le grand jeu, jusqu'au bout et pour de bon, avec le revolver de Pierrot, chargé.

Et on était partis en direction du stade, pour la venger, parce qu'un de ces enculés l'avait une fois attendu à la sortie d'un supermarché, simplement parce qu'elle avait volé de la bouffe. C'est Mickey qui nous avait dit ça, dans l'après-midi, parce qu'on savait plus quoi faire pour elle et qu'on osait plus vraiment la regarder. Parce qu'elle faisait peur, parce que sa haine et son silence faisaient peur, et sa peine aussi.

Et on avait allumé les projecteurs, les vingt-quatre, tous en même temps. La lumière avait giclé, ruisselé sur la pelouse.

Le jeu, il fallait le jouer ensemble, ensemble mais pas dans l'ombre.

SABRINA…

Les Dark Vadors étaient arrivés avec leurs *flash-balls*.

René les avait arrosés à mort avec des boulons et des canettes de bière remplies de sable.

Sabrina avait braqué le revolver.

Et il y avait eu cette détonation suivie d'un terrible cri, un cri à déchirer le cœur.

Puis elle était tombée…

Assassinée par une balle de caoutchouc.

❏

L'homme était encore caché derrière sa fumée bleue quand il avait posé un genou au sol.

— Je voulais pas la tuer, il a dit.

Il pleurait. Des larmes glissaient sous son casque, son armure de métal. On s'est approchés, quelqu'un a ramassé le revolver et il y a eu une autre détonation. L'homme a glissé, son corps a basculé et tous les projecteurs se sont éteints nous laissant dans la nuit, abandonnés encore.

À petits pas, serrés les uns contre les autres, on a emporté Sabrina. Puis on l'a allongée sur un trottoir et on s'est tous écartés de son corps sans vie.

— C'est de ta faute, a dit Mickey. Sans toi, elle serait toujours vivante. Tu sais conduire ? C'est son scoot, on en aura plus besoin.

Et, avec P'tit loup dans le blouson, je suis monté derrière Pierrot. Les phares ont dessiné de drôles de choses sur les bas-côtés, des formes floues, mouillées et salées.

Je suis sûr que Pierrot pleurait aussi.

17

À l'aube, on a rencontré l'anagramme. On était assis dans l'herbe, à côté de notre scoot couché sur la route.

— Je vais lui *shooter* la gueule, a dit Pierrot. Il est comme un cheval mort.

Une bagnole s'est arrêtée à notre niveau au moment où il sortait son revolver. Une vieille bagnole, avec un lion sur le capot, un animal grossier, tout écaillé.

— Je m'appelle Léon, a fait le conducteur. Léon Tête de Lion, et il a rugi en passant sa tête à travers la vitre ouverte. Un problème, les gars ?

Pierrot a planqué son flingue et j'ai demandé au type s'il travaillait pour un cirque.

— Ouais ! mon gars, un vrai cirque, avec des fauves, des trapézistes, des clowns et le plus grand chapiteau du monde. Du rêve sucré pour les enfants et, dans deux jours, tout ce beau monde sera ici. Vous voulez des places ?

J'aurais bien voulu, surtout pour montrer les fauves à P'tit loup, ses frères carnassiers, aux dents plus tranchantes que des rasoirs et aux grognements à glacer les os, mais on devait prendre la route au plus vite à cause du flingue, du flic tué et de tous ces Indiens qui nous attendaient à New York. Pierrot avait récité le nom de leurs tribus toute la nuit. Une façon de se tenir éveillé, et il les avait répétés jusqu'au matin, avant que le scoot dérape et s'écrase contre le rail de sécurité.

Après, pour oublier qu'on était nulle part, j'avais moi aussi récité le nom des Indiens. Ces mots me rassuraient, surtout Chippewa, Navajos et Cheyennes. Pierrot préférait entendre le mot Iroquois, et il le prononçait en détachant bien les trois syllabes d'une voix qui venait de la gorge.

— Dans le cirque, il y a des Indiens?

— Ouais, mon gars. Et des cow-boys, des éléphants d'Éthiopie, des loups de Sibérie, trois aigles des Appalaches, des Mongols de Mandchourie, un cannibale du Sinaï et même une femme à barbe de Laponie.

— Un vrai cannibale?

— Comme je te dis! Bon, je vous emmène quelque part?

Maman nous l'aurait interdit. Ne jamais suivre un inconnu, elle disait tout le temps, surtout pour un bonbon ou une place de cirque, mais on s'est installés dans la bagnole, Pierrot à l'avant et moi sur la banquette arrière, au milieu de toutes les affiches roulées comme des longues-vues.

— C'est mon boulot… Je passe deux jours avant le cirque et je placarde partout pour l'annoncer. Bon, je vous conduis où?

On n'a pas répondu et on a continué à écouter Léon Tête de Lion. Il valait mieux être au chaud dans une voiture que de traîner seuls sur une route sans savoir où aller. En plus, il racontait bien, surtout sa naissance:

— Ma mère a sauté l'ange Gabriel. Je suis né un vingt-quatre décembre à minuit, je vous jure les gars, paraît que le paternel était fou de rage parce que ma vieille ne voulait surtout pas m'appeler Jésus. Ça sera Noël ou rien du tout, qu'elle lui criait à travers la tête. Finalement, ç'a été Léon, Léon pour Noël. Et j'ai du cul, parce qu'avec Tête de Lion, ça se marie bien, non?

Tête de Lion, tête de con. Il avait la gueule de l'emploi, des dents noires et cariées, des oreilles décollées et des cheveux roux tout emmêlés. Léon tête de con... Mais sympa, puis sa voiture ressemblait à la caverne d'Ali Baba, un tas de livres à colorier s'entassait à l'arrière, près d'une boîte remplie de crayons de couleurs.

— C'est pour la pub, sur la route. Les mômes adorent colorier, remplir des cases et faire de beaux dessins. Si tu veux, tu peux te servir.

J'ai choisi un livre avec des ours, des tigres, des dompteurs, du feu, et plein d'autres trucs super difficiles à faire, surtout les habits à paillettes des trapézistes. J'ai aussi pris un paquet de crayons, des sortes de pastels, et j'ai commencé à mettre des couleurs dans les pages, du jaune et du rouge pour le chapiteau, du noir pour les otaries.

— C'est quoi, ton chien ?

— Le fils de Kaboul et de Paco, j'ai répondu.

— Un chien de milliardaire, a dit Pierrot. Il vaut une fortune, on pourrait même le vendre.

Je lui ai mis un coup de pied, direct dans le dos à travers le dossier de son siège.

— Je veux pas le vendre, j'ai crié. Et c'est même pas un chien de race !

— Bah, a fait Léon, la race, c'est pas le plus important.

Pour changer de sujet, il a parlé de ses amis, les Mongols de Mandchourie, et de leur façon de monter à cheval.

— Nous, on va en Amérique, a dit Pierrot.

— Pourquoi en Amérique ?

— Parce que notre maman est partie, j'ai répondu.

— Tu sais, les femmes finissent toutes par partir un jour.

— Peut-être, mais elle est partie pour de bon, au ciel.

Ensuite, je n'ai plus rien dit. J'ai même plus écouté les histoires de Léon Tête de Lion. Je voulais juste être tranquille dans mon coin de voiture, avec P'tit loup sur les genoux et tous les autres animaux roulés dans les affiches.

— Si tu veux, je peux te faire rire. Je suis un vrai clown, il a dit en louchant dans le rétro.

Plus tard, on s'est arrêtés dans un désert, une sorte de carrière, avec des gros tas de sable vraiment immenses.

C'est là que Léon a mis son gros nez rouge.

Mais j'ai pas ri.

18

— Le fleuve, a dit Léon. Un putain d'égout à ciel ouvert, une saloperie liquide qui se jette dans la mer. Pierrot a été rassuré de savoir la mer si proche. Une main en visière, il a observé l'horizon tandis que je cherchais les corps des enfants noyés, ceux qui avaient peut-être échappé aux cœurs des villes pour venir mourir ici, dans le paquet de détritus qui flottait en surface, au milieu des branches et des bouteilles en plastique.

— Ça pue drôlement.

— C'est à cause des poissons, a expliqué Léon, un tas de poissons crevés il y a longtemps. Depuis, il y a cette odeur dans l'air, une odeur impossible à oublier.

Pendant qu'il se changeait, il a raconté les usines, les produits dégueulasses déversés dans l'eau, et les reflets arc-en-ciel, si beaux que les poissons, pour mieux les voir, avaient commencé à nager sur le dos. À la fin, à force d'avoir la tête à l'envers, ils étaient tous morts, décomposés sur la berge, les écailles ternes et le ventre gonflé. Ça puait tellement que les mouches avaient pondu dedans par milliers. Elles arrivaient de partout, en nuages noirs et vrombissants, si épais qu'ils obscurcissaient le ciel avant de s'abattre en pluie noire sur les cadavres.

— Il y a pas mieux pour imaginer ce qu'on deviendra plus tard. Des os, bien blancs et bouffés par les vers.

— C'est pas vrai! j'ai crié. Maman ne se fera jamais bouffer par les vers. On a fermé la porte avant de partir, à clef.

— Tais-toi, a grondé Pierrot. Tu dis que des conneries!

— Il a raison, mon gars. Faut pas raconter n'importe quoi.

Il a retiré sa veste et nous a montré ses biscoteaux. Ils étaient tatoués de lignes bleues et un ange aux joues gonflées apparaissait quand Tête de Lion tendait ses biceps.

— C'est marrant, non?

— T'es pas un clown, j'ai répondu, et j'ai foutu un coup de pied dans un caillou.

Je l'ai regardé rouler et j'ai eu le temps de chasser les images d'insectes qui me défilaient dans la tête avant qu'il ne s'immobilise.

— Tu vas voir, je vais le faire le clown.

Il a maquillé ses yeux en blanc et mis un gros nez rouge. Puis il s'est déshabillé, le pantalon et le slip, et sa quéquette a pendu dans le vide.

— T'es pas bien vivante, il a dit en la prenant entre son pouce et son index.

Ensuite, il l'a appelée sa petite chose et il l'a encouragée à grossir en la caressant de haut en bas.

— Vous pouvez lui cracher dessus, ça ira plus vite.

On n'a pas bougé, on a attendu qu'il redevienne tout mou pour respirer. Un malade, il aurait pu passer au journal de vingt heures, entre la guerre et les attentats, les types comme lui avaient leur place à la télévision.

— Voilà, les gars! Maintenant, on va pouvoir se faire un autre tour. Mais tous les trois, d'accord?

Les fesses à l'air, il est retourné farfouiller dans sa voiture à la recherche de deux nez rouges et d'un appareil photo.

— N'ayez pas peur, il n'y a personne ici, on ne peut pas nous voir. Cette sablière est abandonnée depuis longtemps. En plus, on est à plus de trente bornes de la première maison. Alors, hein, on peut se déshabiller tranquille !

Si on avait su conduire, Pierrot lui aurait sûrement plombé la peau, l'aurait flingué direct au niveau des couilles, fallait pas lui demander de se déshabiller, même pour de la viande.

— Alors ? Qui me montre son petit kiki ?

— Vas-y, toi, a ordonné Pierrot.

J'ai reniflé, des larmes toutes salées me sont remontées par le nez. J'avais envie de chialer, d'attraper P'tit loup, de le serrer contre moi et de dire comme maman, quand elle me dépiautait dans le magasin, pleure pas, ça va pas durer longtemps.

— Vas-y, c'est qu'une photo. Tu verras, j'en ai des dizaines, et juste des gamins de ton âge, et ça, depuis que j'ai cet appareil. C'est un Polaroïd, comme on en trouve plus. Vous verrez, chez Alex, j'ai plein de vieilles pellicules dans un frigo. Allez mon gars, c'est pour un souvenir.

J'ai descendu mon pantalon, lentement, et des larmes brûlantes ont glissé sur mes joues. J'étais presque aveugle, tout était flou, encore plus brouillé que sur la route quand on avait quitté Mickey et les autres.

— Faut payer, a dit Pierrot. Un souvenir, ça s'achète !

Léon a eu un mouvement de recul, ses grosses fesses gélatineuses ont tremblé et ses lèvres ont fait la moue. Il ressemblait à un nain de jardin, un de ces machins nuls que les gens mettent dehors, sur les pelouses, mais il paraissait encore plus ridicule avec son gros ventre et son appareil photo autour du cou. Quand il a dit qu'il n'avait pas d'argent, ils se sont mis d'accord pour deux nuits au camping d'Alex et un aller simple pour la mer, dans un port où il y aurait un gros bateau blanc qui nous attendrait pour l'Amérique. Et Pierrot a pris les photos, une de moi et une de Léon.

Je me suis ensuite rhabillé, j'ai sifflé P'tit loup et je suis monté dans la voiture. Des larmes brûlantes me coulaient toujours des joues.

19

— T'en as ? elle a demandé.

Il faisait chaud et elle portait un manteau en fourrure. Du léopard, a dit Léon, c'est moi qui lui ai offert. Je me suis demandé si c'était le manteau qu'il lui avait offert ou la peau d'une bête de cirque, un animal mort depuis longtemps. Elle était nue en dessous, comme sous une robe de chambre, le manteau simplement noué à sa taille par un ruban de tissu.

— T'as vraiment rien ? elle a insisté.

Alex vivait dans une maison mobile, elle s'était installée au milieu d'un grand terrain vague à côté d'un vieux camion de l'armée, d'une tonne de bidons d'huile, d'un tas de ressorts rouillés, d'une douzaine de piles de pneus et d'un vieux matelas. Devant la porte, il y avait une mare, un trou d'eau couvert de nénuphars, avec de grosses grenouilles vertes sur les feuilles.

— T'en as pas, c'est vrai ? Tu me ramènes rien ? elle a fait, inquiète.

Léon lui a tendu une bouteille, du whisky ou du rhum, un alcool brun qui devait déchirer le cerveau et bouffir les yeux, puis il l'a poussée pour qu'on puisse le suivre à l'intérieur. Tout était en désordre, peut-être encore plus qu'à l'extérieur, avec des casseroles, des bouteilles et plein de boîtes de conserve à moitié vidées, moisies et dégueulasses, tellement qu'il devait y avoir des vers dans la bouffe, parce que, comme avait dit Léon au bord du fleuve, quand ça pue, c'est que ces saloperies de mouches vont bientôt arriver pour becqueter ce qui reste à becqueter et pondre dedans.

On a traversé une première pièce, toute en longueur, et on est entrés dans une chambre, une petite chambre avec un grand miroir en forme de cœur au plafond, accroché au-dessus du lit. Léon a ensuite poussé une autre porte et on est passés dans une espèce de réduit, un endroit minuscule et obscur.

— Je vais vous montrer, il a dit.

On a entendu un bruit de ferraille, peut-être un cade-nas, une chaîne de bécane, et une lumière rouge a soudain illuminé la pièce.

— C'est quoi ? j'ai demandé.

— Mon frigidaire, avec toute ma pellicule et mon album photos. C'est ici que je planque ma collection, dans le tiroir du bas. Vous voulez voir ?

Avant de nous passer son album, il a ajouté ma photo dans les pages du milieu. Il n'y avait que des kikis dans sa collection, des sexes sans visage, avec des prénoms écrits au feutre noir. Pierre, Jean, Malik, Steph, et ainsi de suite. Des dizaines, blonds ou bruns, tous mélangés.

— Y'a pas de rouquin ? a fait Pierrot en se marrant.

— Non ! a crié Léon. Y'a pas de rouquin !

Pierrot a sorti l'autre photo de ses poches, la photo de Léon, tout nu, avec son nez rouge, son gros ventre, et son petit zizi en forme de robinet.

— On la met dedans ?

— Non, c'est ma collection, et il n'y a que moi qui décide !

Et il nous a repris l'album des mains sans qu'on puisse en tourner les pages jusqu'à la fin.

— Qu'est-ce qui se passe, ici ? Et pourquoi que tu veux jamais me montrer, a demandé Alex en passant la tête dans le réduit.

— Allume pas ! a gueulé Léon. Tu vas me bouffer mes pellicules.

Elle a allumé, une petite ampoule de rien du tout, et Léon s'est jeté sur elle en la traitant de connasse. Ils ont roulé au sol, se sont frappés et, pendant qu'il l'étranglait, elle a essayé de lui arracher une oreille avec les dents. On aurait dit un combat de clowns, un numéro comique, comme dans un film muet au ralenti, avec une petite musique au piano à la place des paroles. Puis ils se sont calmés, Alex a rattaché son manteau et Léon a cadenassé son frigidaire. Ensuite, on a été s'asseoir dehors, sur les marches, et Alex a débouché sa bouteille.

— Putain de trou d'eau, a dit Léon.

— Le trou du cul du monde, a fait Alex. Et attends que ces salopes se mettent à chanter.

J'ai rien dit, je suis juste resté assis les yeux fixés sur la mare. À un moment, j'ai eu froid, j'ai senti une caresse dans mon dos, un courant d'air glacial m'a traversé toute la colonne vertébrale et je me suis mis à grelotter. Puis, le soleil a déteint dans le ciel, tous les nuages se sont colorés au-dessus de nos têtes et elles se sont mises à chanter, en même temps.

— Putains de grenouilles !

— Avec des pétards, on pourrait les faire exploser, a dit Pierrot.

— Des fois, j'aimerais les tuer, toutes. Verser de l'arsenic ou de l'essence, et allumer.

— De l'essence, ça serait beau…

J'ai pensé aux grenouilles enflammées, en train de sauter ou de s'enfuir, de coasser aussi, comme les gens dans les tours à New York, quand les cameramen les montraient en train de se jeter des étages pour échapper aux flammes et qu'ils se fracassaient le corps contre les briques. J'ai jeté une pierre dans la mare et j'ai fait taire toutes les grenouilles. Pendant deux ou trois minutes, un vrai silence nous a engloutis, une sorte de vide infini. J'ai fermé les yeux et serré P'tit loup contre mon cœur : je me sentais bien. Ensuite, elles se sont remises à chanter, si fort que j'ai été obligé de me boucher les oreilles avec la paume des mains.

20

— L es mômes, tu vas les garder, je leur ai promis de…
— Je peux pas.

— Je te ramènerai des bouteilles. Du bon, tu verras.

Alex a semblé accepter, de toute façon, elle aurait accepté n'importe quoi pour une bouteille, même de nous garder jusqu'à la fin des temps. Ensuite, comme on s'emmerdait toujours, Léon lui a demandé de nous faire son numéro.

— Quoi ? Devant les gosses ?

— C'est plus des enfants.

Elle a haussé les épaules, remis du rouge sur ses lèvres et vaguement recoiffé ses cheveux. Après avoir bu une bonne gorgée d'alcool, elle a allumé les deux lampes à pétrole accrochées à l'entrée de sa maison mobile. La nuit a soudain changé de couleur et de gros papillons velus, attirés par les flammes bleues, se sont aussitôt mis à tournoyer au-dessus de nos têtes avant de se brûler les ailes et de tomber à nos pieds. Je les ai observés un instant, puis, après en avoir écrasé un, j'ai vu Alex dans l'allée. Elle marchait, faisait des allers et retours en équilibre sur ses talons hauts.

— C'est comme à la télé, a dit Léon, quand ces salopes se dandinent du cul dans les défilés de mode, pour des pédés de couturiers qui préfèrent les petits gars. Vous, il a rajouté en passant sa grosse langue sur ses lèvres, ça vous dirait pas d'imiter la belle Alex et de vous tortiller le derrière ?

On n'a rien répondu et j'ai écrasé un autre papillon.

— Allez, donne-leur l'exemple, montre-leur comment t'étais bonne !

Elle s'est mise à zigzaguer, la bouteille presque vide à la main, son manteau ouvert sur le corps. Moi, ça me gênait de la voir ainsi, nue, avec ses nichons plats qui pendouillaient et ses poils gris sur sa chatte. Pierrot, lui, il en ratait pas une miette, je suis même sûr qu'il en avait une grosse dans son slip. Il bougeait plus, mieux qu'un caméléon, prêt à gober toutes les mouches de la terre, les yeux braqués, noirs et luisants, fiévreux. Il devait être comme moi dans le train, avec la dame qui lisait le livre du vieux bonhomme qui se parlait tout seul au milieu de l'océan. Pourtant, Alex ne ressemblait pas à la dame du train. Elle était moins belle, plus vieille, et triste aussi, surtout quand elle essayait de se rattraper au vide à chaque pas de travers.

— Je suis belle, non ?

— C'est ça ma poule, t'es belle, toujours aussi belle, et moi je suis de la merde de pape. T'es vraiment une comique, hein ! C'est pas vrai, les gars, qu'elle est comique, ma belle Alex ? Non, elle vous fait pas rire ?

J'ai ramassé un caillou et, au lieu de le balancer sur Alex pour qu'elle arrête de se tortiller, je l'ai jeté dans la mare, au milieu.

— Je veux aller dormir, j'ai dit.

Je voulais juste partir, ailleurs, loin de Léon et de Pierrot, des grenouilles qui continuaient de coasser et d'Alex qui se tordait les chevilles. Puis j'avais faim, un trou vivant dans l'estomac, un vide qui ne demandait qu'à se remplir.

— Va dans le camion, a dit Léon, tu verras, y'a des couvertures et un vieux matelas.

C'était super sale dans le camion, mais moi, d'être tout seul là-dedans, j'ai trouvé ça cool. Surtout le volant, à l'avant. C'est sûr, j'ai pas conduit ni rien, parce que je savais pas et que tout était rouillé, mais juste à me cramponner au levier de vitesse, à regarder les autres dans le rétro, je me suis fait un bon cinéma en plein désert, avec P'tit loup à côté de moi, comme un vrai G.I., avec le vent et le sable, et les Bédouins aussi, sur leur chameau. À force d'avoir le soleil dans les yeux, P'tit loup est devenu bizarre et il s'est mis à parler. J'ai faim, il a dit, et les Bédouins ont profité de cet instant pour nous attaquer. On s'est battus, P'tit loup a pris la mitrailleuse et a flingué tous ces salopards. Moi, avec mes pierres, je me suis installé sur le toit du camion pour empêcher les méchants de nous doubler. On tirait, super bien, même sur les grenouilles, les grosses, celles qui ressemblaient à des crapauds. Et j'ai accéléré, foncé sur un barrage, rattrapé la voiture d'en avant. Léon la conduisait, il emmenait Alex sur un marché, pour la vendre avec d'autres femmes, et il y avait aussi maman et Kaboul, la mère de P'tit loup. J'ai pas hésité, j'ai demandé à P'tit loup de prendre le volant et j'ai explosé la tête de Léon avec le revolver à Pierrot. Sa tête et son appareil photo. À cause du sang, j'en ai eu marre et j'ai jeté une pierre pour que tout s'arrête, mais j'ai pris un coup, une balle dans le ventre, et tous mes boyaux ont giclé sur le siège. J'ai hurlé, les doigts accrochés au volant, et P'tit loup m'a dévoré l'intérieur, les tripes et le cœur, parce que c'était chaud et super bon pour un chien.

Quand je me suis réveillé, il y avait des étoiles derrière le pare-brise. J'ai soufflé, empêché mon cœur de trop cogner et posé une main sur la tête de P'tit loup. Il dormait tranquille, jamais il n'avait voulu me bouffer, et si mon

ventre gargouillait, c'est seulement parce que j'avais faim.
J'ai ouvert la portière, regardé les grands arbres qui
griffaient la nuit et ramassé trois cailloux que j'ai glissés au
fond de mes poches. Ces pierres me rassuraient, elles
étaient une sorte de protection, un truc magique. Il suffisait
que j'en jette une pour empêcher les choses d'arriver,
comme dans les rêves. Et j'ai marché jusqu'à la baraque en
serrant les poings. Par la fenêtre, j'ai vu Pierrot. Il était assis
au bout du comptoir de la cuisine, devant une carcasse de
poulet froid et une bouteille de Coca. Derrière lui, dans la
chambre en cœur, il y avait Léon, avec son nez rouge,
debout au pied du lit d'Alex. Elle aussi était là, avec son
manteau ouvert, allongée les bras en croix, le dos sur le
matelas. On aurait dit qu'elle regardait le grand miroir du
plafond ou qu'elle comptait des moutons pendant que
Léon, debout entre ses jambes, la berçait à grands coups de
reins.

Pour pas déranger, je suis retourné m'asseoir sur les
marches, j'ai sorti une pierre du fond de mes poches, et je
l'ai envoyée au loin, bien plus loin que la mare.

Je voulais que tout s'arrête...

Mais c'est le contraire qui est arrivé, rien ne s'est vraiment arrêté.

21

Quand le soleil s'est levé, j'ai su que les grenouilles avaient gagné la guerre. Il n'y avait plus de bouffe sur la table et Léon avait disparu. Je ne l'avais pas entendu partir et peut-être que personne ne l'avait entendu. Pierrot dormait sous le miroir, enroulé dans la peau de léopard, et Alex était assise dans la pièce obscure, devant le Frigidaire de Léon tête de con.

— Toi, tu sais ce qu'il y a là-dedans ?

J'ai haussé les épaules. Je m'en foutais de Léon et de son album, mais j'avais pas envie d'en parler, surtout à cause de mon kiki au milieu des pages.

— Y reste à manger ? j'ai demandé.

Elle savait pas, elle a dit que le pire des supplices était d'imaginer une bouteille givrée dans le réfrigérateur. De la vodka, elle a murmuré, juste un verre. J'ai touché mes pierres magiques et, au même instant, Alex s'est levée de son fauteuil pour me pousser gentiment vers la cuisine.

— Lui, on va le laisser dormir, et toi, je vais te faire des œufs ; il doit bien y en avoir quelque part.

Il y en avait, une douzaine, et Alex les a cassés dans un saladier.

— Des œufs brouillés, elle a dit, tu crois que ça nous ira ?

— Oui, j'ai répondu, mais il en faut pour P'tit loup, lui aussi il a faim, c'est encore un bébé.

Elle m'a regardé d'un drôle d'air, comme si elle avait jamais vu P'tit loup ou que d'un seul coup, j'étais débarqué d'une autre planète. Puis, quand je lui ai dit qu'il fallait ajouter du lait dans les œufs, elle s'est carrément marrée, la bouche grande ouverte sur ses dents jaunies.

— Du lait, ça fait longtemps que j'en ai pas vu une bouteille. Et je te jure, je sais même plus quel goût ça a. Pour ton chien, il y a les os, le reste du poulet, tu peux y donner.

J'ai ramassé les os, la peau, et toute la gelée qui était collée au fond de l'assiette. Comme j'allais lui donner, Pierrot a dit que c'était inutile, que de toute façon on pourrait pas l'emmener, que les gens n'en voudraient pas sur un bateau, surtout un chien qui pue.

— Il sent pareil que nous, j'ai répondu en claquant la porte de la baraque.

Assis sur les marches, j'ai touché mes cailloux. J'avais envie de bouder, de rester seul, mais ils sont sortis dehors et j'ai bien été obligé de manger avec eux.

— Est-ce que Léon va revenir ? a demandé Pierrot.

— Y revient toujours, une ou deux fois dans la semaine. Allez, mange, mange pendant que c'est chaud.

Alex n'a rien bouffé, elle ne devait pas manger grand-chose, c'était le vide dans son frigo, pire que chez nous à l'appart quand c'étaient les fins de mois difficiles et que maman était obligée de les arrondir en faisant des ménages.

— Pour faire les courses, faut aller où ?

— Y'a toujours un type qui passe en souvenir du bon vieux temps. Et il m'amène des trucs.

Elle a allumé une cigarette et on a attendu qu'elle continue à parler. On savait que c'était pas fini, qu'il y avait encore des mots au fond de sa gorge, bloqués par des souvenirs, des mots qu'elle pourrait jamais cracher sans fumer. Puis, juste après avoir écrasé son mégot, elle a fixé le paysage, droit devant elle, le camion de l'armée et la tonne de déchets, un peu comme si tous ces machins rouillés pouvaient lui rappeler des jours heureux. Elle ressemblait à maman, à maman quand elle regardait au loin, au-dessus des immeubles, le béton et la laideur, toute cette grisaille qu'elle aurait été incapable de repeindre autrement même si elle avait eu des pinceaux et une palette de couleurs.

— Avant, c'était beau ici, avec des fleurs et de la pelouse, des enfants aussi, comme vous, qui jouaient à la balle. Moi, je tenais la buvette, juste derrière, et il y avait du monde, des petites familles, des amoureux, des types qui venaient taquiner le gardon. Ils arrivaient pour des vacances, quelques jours, et le reste du temps, c'était loué pour les gars de la sablière, des étrangers sans famille qui restaient ici et s'accommodaient bien de leur petit bout de terrain. Trois mètres carrés de pelouse, le grand bonheur. Je faisais la bouffe, et en été, avec les touristes, ça nous faisait du monde. Léon travaillait comme gardien de nuit à la sablière, un boulot comme un autre, on était heureux. Je dis pas, de temps en temps, avec tous ces hommes sans femme... Mais bon, le fleuve était beau, et le reste, on s'en foutait. La vie tournait comme on dit, aussi parfaite qu'un métronome. Un paradis... On avait même creusé un petit bassin, juste là, en face, pour mettre des poissons rouges. Le bonheur, le bonheur jusqu'au jour où... Personne n'a jamais su, mais il y a eu cette pollution et tous ces poissons crevés. Je vous dis pas l'odeur, l'odeur et les mouches, des mouches par milliers. Les touristes ont foutu le camp, les amoureux ont quitté la région et les gardons ont fini par nager sur le dos. Puis la sablière a fermé, on s'est retrouvés seuls, rien que tous les deux avec Léon, nous et ces putains de grenouilles qu'ont réussi à bouffer nos poissons rouges.

C'est après que ça a merdé, quand les ronces ont commencé à pousser, à envahir le terrain de camping, les baraquements, et que Léon, au lieu de s'armer d'une tronçonneuse, a voulu faire le clown. Une vocation, il disait. Et il y a eu le cirque, ses voyages et son putain de frigo. Des photos de cul, je parie, et c'est normal, parce que moi, je suis plus trop bandante. En plus, avec la bibine, j'ai commencé à faire des heures supplémentaires dans ma tête, et pas qu'un peu. Ça s'est mis à déconner un maximum, à me ronger l'intérieur et à virer tout ce qui s'appelle orgueil et fierté. Le cœur, lui, il était mort depuis longtemps. Et pour une bouteille, j'ai commencé à écarter les cuisses, à devenir la folle de la sablière, celle qu'on baise par tous les trous et qui ne se souvient de rien. Ouais, je me fais sauter à en perdre l'équilibre, tellement pleine de foutre que je gonfle, que je deviens laide et que les ados du coin me prennent pour une éponge à fantasmes. Une merde, une vraie merde alors que je pourrais être votre mère…

— Ça m'étonnerait, j'ai dit, maman ne fait plus d'heures supplémentaires depuis longtemps.

— Ah, ouais ? Et qu'est ce qu'elle fait ta mère ?

— Elle…

J'ai pris un coup de pied, sur le tibia. D'après Pierrot, il ne fallait jamais parler de maman, à personne. Et il me répétait les paroles de Sabrina, les juges, le foyer, l'institution, la sorte de salle d'attente où des parents adoptifs viendraient nous chercher si on était sages, polis, et bien coiffés. Au pire, c'était la descente dans la cage, direct dans le fond, comme les mineurs, mais avec une aiguille dans le bras pour nourrir la ville. J'ai retiré une pierre du fond de mes poches, et je l'ai jetée, dans la mare, au milieu.

— Qu'est-ce que t'as, à toujours jeter des pierres ? a demandé Alex.

— C'est magique, j'ai dit, je jette une pierre et tout s'arrête. Tiens, je vais t'en donner une.

J'ai fouillé dans mes poches, fermé le poing sur un caillou, et je lui ai tendu en lui demandant de faire un vœu et de fermer les yeux.

— Maintenant, j'ai dit, donne-moi la main.

Elle a ouvert sa main, et moi, dedans, j'ai mis mon caillou.

— Qu'est-ce que c'est que ça ? elle a fait, étonnée.

— Rien, j'ai répondu, je me suis trompé.

Mais elle savait ce que c'était, et Pierrot aussi savait. C'était la balle que je gardais au fond de mes poches, celle que je voulais envoyer au ciel comme un suppositoire entre deux nuages. Dans la main d'Alex, elle ne ressemblait plus du tout à une fusée.

— T'as raison, elle a dit, ton truc, c'est vraiment magique.

On a laissé Alex sur les marches, avec ses cigarettes et ses mauvais souvenirs, et, avec deux bâtons, on a été tuer des grenouilles, un bon paquet, pour qu'Alex ne les entende plus le soir.

C'est le lendemain qu'elle a commencé à gonfler, juste quand Pierrot a fini de la bercer.

22

— Qu'est-ce que tu fous ? j'ai demandé.
Pierrot n'a rien répondu. Il a posé son index sur
ses lèvres et il m'a jeté un regard noir. J'ai compris et je l'ai
laissé seul avec Alex. Il était en train de la bercer, comme
Léon avait fait la veille. Debout entre ses jambes écartées, il
lui donnait de légers coups de reins pour qu'elle s'endorme
au plus vite. Quand j'ai réalisé qu'ils baisaient, j'ai reculé,
fait un pas en arrière et continué à les observer dans le
miroir du plafond. Tout était à l'envers, je ne voyais que le
sommet de la tête de Pierrot, ses cheveux, et le corps
d'Alex, nu, allongé, les bras en croix, comme Jésus dans les
églises, sans couronne mais avec le visage sur le côté, triste.
J'ai disparu sur la pointe des pieds et je suis retourné dans
la cuisine. J'avais faim, toujours, et j'ai fouillé dans les
placards, trouvé des sachets diététiques, des machins en
poudre, au caramel ou au chocolat, pour ne pas grossir.
À côté, le lit grinçait toujours…
*Scrinch, scrinch, scrinc*h, j'entendais, à mesure que
Pierrot avançait ou reculait.
Scrinch, scrinch, scrinch, il m'avait tout expliqué sur le
sexe des filles. Je savais que c'était chaud et gluant, sucré
aussi.
Scrinch, scrinch, scrinch, je suis allé voir où ils en étaient,
s'ils avaient bientôt fini.

Alex n'avait pas bougé, elle avait toujours sa tête de Christ, avec tous les péchés du monde à l'intérieur, malheureuse et tout, les paupières mi-closes et la bouche ouverte. Elle ne semblait toujours pas heureuse d'être là, avec Pierrot entre ses jambes et le plafond de verre au-dessus de sa tête, comme un cœur de glace. On aurait même dit qu'elle s'en foutait, que n'importe qui aurait pu être là qu'elle aurait fait la même chose, juste fixer le plafond, sans bouger.

Scrinch, scrinch, scrinch...

— Tu veux essayer ? a demandé Pierrot.

— Non, j'ai trop faim.

— T'es con, il a dit.

Il a continué, en tirant la langue, un peu comme en dessin quand on s'appliquait, pour ne pas dépasser la ligne ou mélanger les couleurs.

— J'ai faim, j'ai répété sans le regarder.

Mais je le fixais, dans le miroir, et j'ai vu les mots qu'elle avait écrits : *Je suis morte, une balle dans le cœur.* Et moi, au lieu de me demander comment elle avait fait pour inscrire ce truc en hauteur, j'ai regardé son cœur, juste sous son sein.

Mais il n'y avait pas de trou, rien.

— Elle est morte, j'ai murmuré.

J'ai touché Pierrot, son épaule, juste pour le ramener, qu'il arrête de remuer, pour lui montrer les mots rouges en lettres carrées.

— Elle est morte, j'ai répété. Elle est morte...

23

— Tu crois qu'elle va déborder ?

On était dans l'autre pièce, la petite, celle où il y avait le coffre-fort de Léon, son frigidaire, attaché et cadenassé, mais il était grand ouvert.

— Elle a forcé la serrure, et c'est de ta faute.

Je savais qu'elle l'avait ouvert mais je voyais pas pourquoi c'était de ma faute, surtout que mon kiki, même moi, j'arrivais plus à le reconnaître. Pourtant il était là, étalé parmi tous les autres, punaisés sur les murs, comme un millier de vers ou d'insectes grouillants à l'infini.

— Léon va faire la gueule.

J'ai décroché un kiki au hasard et je l'ai glissé dans une de mes poches. Je me suis dit que ça me ferait un souvenir, une histoire à raconter en expliquant Léon, les lions et Alex, Alex qui avait pris une balle dans le cœur mais qui était morte à cause de plein de médicaments qu'elle avait dû bouffer. J'aurais préféré que maman fasse la même chose, qu'elle avale deux trois poignées de saloperies roses et qu'elle s'endorme, la tête légèrement penchée sur l'oreiller, avec toute la souffrance du monde dans un coin de son cerveau, les attentats et la guerre, les Juifs et les Arabes, la famine et les enfants, tous les enfants perdus, seuls et affamés, assis dans une pièce pleine de kikis, face à un frigidaire vide, avec une dame allongée sur un lit, toute gonflée et morte depuis long-temps.

— Peut-être qu'elle est enceinte.

— Elle est morte, je te dis.

J'ai aussitôt plongé la main dans mes poches, touché mes cailloux et voulu les envoyer loin devant moi, n'importe où, pour que tout s'arrête, que le rêve devienne un autre rêve, que quelqu'un nous apporte à manger ou que le grand bateau arrive. Je voulais me cacher ou être transporté ailleurs, à l'école par exemple, à l'heure de la cantine, quand c'est pas bon ou qu'il n'y a que du poisson.

— J'ai faim…

— Tais-toi, je t'ai dit ! Tu vas m'aider !

Sa manie, encore. Forcément, on est repassés devant elle, avec son gros ventre et tous les bruits qu'il y avait à l'intérieur. Tellement de bruit qu'on aurait pu croire qu'elle était encore vivante. Et on a fouillé, partout, mais on a rien trouvé sinon des trucs périmés ou moisis.

— Regarde, a dit Pierrot, c'est comme un signe.

— Un signe ? j'ai répondu.

— Ouais, je vais devenir Indien, pour de vrai.

Il m'a tendu la paire de ciseaux, des machins tout rouillés qu'il avait trouvés dans un tiroir.

— Indien ?

— T'as juste à couper !

Quand il a été installé, assis sur une chaise et le dos à la fenêtre, j'ai compris que c'étaient ses cheveux qu'il voulait que je coupe, en crête, comme un Iroquois. Juste sur les bords, il a dit, le reste, on le fera au rasoir. J'ai coupé, avec les lames rouillées, pendant qu'Alex continuait à faire des bruits. *Pschiiit*, j'entendais, et je coinçais les cheveux de Pierrot dans les ciseaux. Il gueulait, dehors aussi ça gueulait, les oiseaux, les insectes et les grenouilles, tout un monde qui s'agitait parce que la nuit tombait et commençait à se répandre comme une grosse tache d'huile autour du terrain de camping. Une drôle de musique montait dans les airs, elle bourdonnait, emplissait ma tête de sons et dessinait des lettres au fond de mon cerveau. *Pschiiit, croa, pipi-pi, gloup, clic,* et *clic.*

— J'ai toujours faim…

— Ton chien, les Iroquois y mangeaient bien du coyote !

Au lieu de toucher mes pierres, j'ai regardé sa nuque, refermé les lames de mes ciseaux et levé mon bras. J'avais envie de planter un nouveau bruit, en grosses lettres de sang : *SCHALK !!!*

— Qu'est-ce que tu fous ? il a dit.

— P'tit Loup, je veux pas qu'on le mange, jamais.

— Tais-toi et coupe.

Je me suis remis au travail, j'ai oublié les bruits et sa nuque, et j'ai coupé, observé sa tête qui se transformait. Il a fini par ressembler à un Indien, surtout après s'être appliqué tous les produits de beauté d'Alex sur la gueule. Mascara, rouge à lèvres et fond de teint, il a tracé des ronds et des éclairs, des trucs qui donnaient la frousse et cassaient les angles de son visage. Je savais aussi qu'en étant Indien il allait redevenir méchant, se mettre à danser, à tourner et à crier comme un fou. Que dans sa tête ça s'embrouillerait un peu plus et que jamais plus on ne pourrait écrire, en gros et dans sa marge, que la vie c'était pas comme au cinéma.

Et pour écrire dans sa marge il aurait fallu du temps, beaucoup plus de temps. Mais du temps, on n'en avait plus, à côté ; Alex débordait.

24

— Elle pue, elle pue et elle coule.

J'ai regardé mais je ne voulais pas voir. Je me suis mis à penser à la balle qu'elle avait dû avaler avec les médicaments, un petit objet pointu qui lui avait perforé l'intérieur. Elle coulait, se répandait sur le lit. Une tache jaune rosé salissait les draps, ça sentait mauvais, un peu comme un chat depuis longtemps en plein soleil, crevé sur le bord de la route.

— Faut partir, on peut plus rester là.

J'espérais voir Léon, Léon ou un autre type, un de ces types qui serait passé par hasard, en souvenir du bon vieux temps, et qui aurait voulu se faire vider la tête par les couilles.

— Ils vont nous accuser, dire que c'est nous…

— Tais-toi, je réfléchis.

Et de plisser le front pour réfléchir, il avait encore plus une tête de fou, surtout à cause des croûtes de sang, les fines coupures que je lui avais faites au rasoir de chaque côté de son crâne.

— On va partir, il a dit, on va partir quand la lune sera levée. Et on va marcher, longtemps.

Il voulait arriver à la mer, une drôle d'idée, surtout qu'on savait pas où la trouver, même si Léon nous avait dit que le fleuve se jetait dedans, avec les poissons et toutes les autres saloperies. Mais il valait mieux partir que de rester plantés devant le corps d'Alex tout gonflé sous son drap. Depuis qu'il avait fait du bruit de l'intérieur, je n'osais plus l'approcher de peur qu'il se mette à parler. En plus, j'avais encore ses mots dans les oreilles, ils jouaient au flipper avec mes nerfs : *Je suis morte, une balle dans le cœur.*

Sans lever la tête, j'ai rangé les trucs de régime dans mon cartable.

— C'est quoi ces machins ? a demandé Pierrot.

— De la bouffe, j'ai répondu.

— Je suis sûr que c'est pas bon !

Il a rajouté qu'il y goûterait même pas, qu'il devait vivre comme un Indien, qu'il faudrait faire comme eux, chasser et manger de la viande, qu'on pourrait se laisser enfermer dans un supermarché et vivre tranquillement, grandir à l'intérieur du magasin. Qu'en Amérique ça serait possible, parce que tout est grand là-bas, que jamais personne nous arrêterait, ou alors seulement quand on serait vieux, plus vieux que l'autre avec son cou de tortue.

— C'est peut-être pas bon, mais moi je vais les porter.

Je lui ai repris le sac des mains. Puis, sans savoir si la lune était levée, je suis sorti de la baraque, j'ai sifflé P'tit Loup et j'ai avancé sur le chemin. Je m'en foutais des Indiens, de tous les Indiens et de tous les supermarchés du monde. Je voulais simplement être tranquille, dans un coin chaud, sans cadavre à côté de moi.

— Vite ! a crié Pierrot. Dégrouille ! J'ai mis le gaz pour effacer nos traces.

— Le gaz ?

On a couru, vite, et j'ai même dépassé Pierrot quand j'ai pensé qu'Alex pouvait nous retomber dessus en morceaux.

— Tu crois que ça va sauter ?

— Cours.

Et on a couru encore, jusqu'au bout du chemin, jusqu'à la route du camping, en oubliant la mare et le camion militaire, en oubliant aussi Léon et sa gueule de con.

Quand on est arrivés sur la nationale, Pierrot a dit qu'on devait faire du stop, pour aller plus vite et plus loin, ou alors retrouver le fleuve et le suivre en direction de la mer.

Et il y a eu un feu d'artifice dans notre dos, avec des lumières, des gerbes de couleurs, bleues, rouges et violettes, et une verte aussi, bien plus vive que toutes les autres.

— Ça, c'est le gaz, a fait Pierrot.

J'ai pensé à Alex, à son âme qui montait au paradis. Des conneries, sûrement, et j'ai rien dit à Pierrot. Ensuite, on s'est cachés et on a fait gaffe aux voitures, on n'avait pas envie qu'elles nous prennent pour des lapins.

25

— Pile ou face?
— Quoi? a fait Pierrot.
— Pile ou face? Est ou ouest? Levant ou couchant? C'est la question, et aujourd'hui vous avez de la chance, c'est pile! Allez, montez!

Il était arrivé sans qu'on l'entende, comme téléporté par un nuage bleuté sur une musique d'enfer. Une musique qui avait tout éclaboussé autour de nous, si forte que je m'étais bouché les oreilles et que j'avais plissé les yeux pour mieux lire sur ses lèvres.

— Alors? Pile ou face?

Et, tout crottés qu'on était d'avoir dormi dehors, on était montés dans sa bagnole. À l'arrière, avec P'tit loup, parce qu'en avant, à cause de son ordinateur et de tous ses capteurs électroniques, il n'y avait plus de place. Un vrai chantier que c'était, avec une tonne de bidules qui clignotaient tout autour de son tableau de bord, à croire qu'il se jouait *Men in Black* à lui tout seul.

Ça faisait un bon moment qu'on marchait quand il s'est arrêté. On avait dormi près d'un fossé, à cause de l'eau pour les sachets de régime et surtout parce qu'on était fatigués. Fatigués de mettre un pied devant l'autre et fatigués que les voitures nous klaxonnent de peur qu'on froisse leur tôle ou qu'on bousille leurs phares. Des enculés, avait dit Pierrot, mais il avait quand même continué à tendre le pouce, le plus longtemps possible, jusqu'à ce qu'il fasse bien nuit et que les lapins, à cause de nos yeux brillants de sommeil, nous prennent pour leurs copains. Plus tard, on s'était couchés, cachés dans un trou sous des feuilles. Blotti contre P'tit loup, je m'étais senti en sécurité, à l'abri des rats ou des sadiques, avec Pierrot qui surveillait, une main fermée sur son revolver.

— C'est vraiment dégueulasse, il avait dit au réveil.

Il avait raison, c'était vraiment dégueulasse, froid et sans goût.

Après avoir avalé les sachets de régime, on s'était remis en route, sur le bas-côté, en faisant bien gaffe à nos bras tendus pour le stop, mais les gens passaient trop vite, sans nous voir, ou trop près, au risque de nous arracher la main ou de nous écraser direct. Comme j'en pouvais plus d'avancer et de me tordre les chevilles en même temps, je m'étais mis à compter les voitures par couleur, un truc qu'on faisait souvent dans la cité quand on s'emmerdait. Deux blanches, j'ai dit. Une bleue… Une grise…

Une jaune…

Une grise, encore…

Puis j'avais arrêté, parce que ça ne servait à rien, que personne ne nous prendrait.

Alors lui, le guetteur, quand il avait ouvert sa vitre pour mieux faire gicler sa musique, ça m'avait vraiment scié.

— Je vais tout droit, sur cent kilomètres, pas plus.

— Nous, on va à la mer.

— La mer ? Jamais vu…

Avec Pierrot, on s'est regardés, parce que la mer, même si on y avait jamais été, on connaissait plein de gens qui l'avaient déjà vue, au moins une fois.

— Vos bidules électroniques, ça sert à quoi ? j'ai demandé.

Il nous a dit qu'on pouvait l'appeler le guetteur, parce que dans la vie, il ne faisait que ça, guetter et rouler, sur cent kilomètres, dans un sens puis dans un autre, toujours sur le même ruban d'asphalte.

— Pourquoi vous faites ça ?

— Pour voir l'apocalypse ! Tout filmer et prendre des photos ! Parce que je sais que ça va sauter, Dieu l'a dit, et j'ai fait des calculs, plein de calculs. La terre va s'ouvrir et le libérateur, me reconnaître. Il va me sauver, moi, pour que j'apporte la bonne parole et que je prévienne les autres. Alléluia !

On était tombés sur un fou. Et pendant qu'il roulait et surveillait sa ligne d'horizon, on a feuilleté son album photos, avec des images de Jésus et de la Vierge Marie. Et on le voyait lui, avec sa bagnole au milieu de la campagne, sous la neige ou sous la pluie, toujours au même endroit, avec le soleil ou des couleurs d'automne. Pour tout changer, bouleverser son livre d'images, j'ai sorti la photo de mon kiki et je l'ai glissée dans l'album, dans une page d'été, pour qu'il ait plus chaud que dans mes poches et qu'il puisse voir l'apocalypse.

— Toi, ta gueule ? Qu'est-ce qui t'est arrivé ?

Le guetteur guettait, il avait repéré Pierrot dans le rétro, sa coupe de cheveux et son maquillage de la veille.

— C'est à cause d'un clown, j'ai dit.

J'avais parlé trop vite et je me suis aussitôt plié en deux, un coup de coude bien placé dans le foie.

— C'est pas vrai, a dit Pierrot. C'est mon frère qui m'a fait ça. Il m'a taillé les cheveux en Iroquois parce qu'on travaille dans un cirque. Même qu'on va partir en Amérique.

— En Amérique ?

— Ouais, et son sang c'est pas du sang, mais du maquillage, le maquillage d'Alex, j'ai hurlé à cause de la musique.

— Alex ? La grosse pouffe du camping ?

— Elle était pas grosse, j'ai dit.

Je me suis fait écrabouiller les orteils. Fallait se taire, j'avais oublié, rien dire et encore moins prononcer le nom d'Alex. Pierrot m'avait fait la morale, toute la nuit, pour pas qu'on nous attrape et qu'on dise que c'était moi qui l'avais tuée avec ma balle.

— Hein, c'est ça ? C'est la pouffe du camping ? Ce matin, il y avait tout un ramdam devant sa bicoque. Ça clignotait de tous les côtés, avec les pompiers et les ambulances. Paraît qu'elle s'est fait sauter le caisson... De toute façon, elle était déjà à la masse, la vieille. Alors, c'est elle ?

— Non ! Nous, elle vivait pas sur un terrain de camping. Dites, vous les branchez quand vos ordinateurs ?

Mais il était trop tard pour changer de conversation, le guetteur nous avait déjà bien rangés dans son cerveau, comme deux petits extraterrestres qui seraient venus foutre le bordel sur terre. Puis ses trucs, ses machins électroniques, c'était de la frime, parce que rien n'était allumé et, qu'entre ses jambes, au guetteur, il y avait une canette de bière.

Comme il ne voulait plus parler, il a accéléré, poussé le volume de son autoradio et fait cracher la musique. C'était tellement fort qu'on a été obligés d'ouvrir les vitres pour mieux respirer, sauf que là, c'étaient nos oreilles qui demandaient de l'air. Et il a roulé, longtemps, avec toute cette saleté de musique qui débordait de la bagnole jusqu'à asperger n'importe quoi aux alentours. Puis d'un seul coup, sans prévenir, il a enfoncé sa pédale de frein, fait crisser ses pneus et s'est agrippé au volant pour essayer de retenir sa voiture. J'ai crié, attrapé ma ceinture de sécurité et voulu protéger P'tit loup. Puis j'ai rebondi, d'avant en arrière, et je me suis cogné au dossier avant de fermer les yeux. Quand je les ai rouverts, le guetteur souriait, il souriait comme notre voisin à chaque fois qu'il rentrait de congé et qu'il retrouvait tout chez lui, en bon état. Et le guetteur, j'ai eu l'impression que c'était pareil, que le paysage lui appartenait, qu'il avait écrit son nom partout, sur les arbres, les pierres et même sur les cailloux.

— C'est beau, non ?

Il y avait plein de poussière sur le pare-brise, et au loin, on pouvait voir le ciel se découper en puzzle géant, avec un million de pièces bleues. Juste du bleu, mais du bleu différent, avec un peu de vert aussi.

— Là, après le sentier, il y a un panorama, des falaises, et en bas, juste en bas des falaises, il y a la mer.

On a regardé en direction du doigt tendu et on lui a encore demandé si c'était vrai qu'il n'avait jamais vu la mer ?

— Jamais ! Dieu n'a pas voulu que j'apprenne à nager, il a répondu.

On est descendus de voiture, lui avec son appareil photo et nous avec notre sac.

— Je vous mets dans l'album ?

26

C'est peut-être une manie, une façon de se rassurer, mais les gens s'entourent tous de photos, de petits visages débiles et souriants, figés dans l'éternité par une grimace. J'ai tiré la langue, fait des cornes à Pierrot. C'était pour rire, pour que le guetteur se souvienne de nous, pour qu'il nous range bien comme il faut, dans le bon ordre, à la bonne page et surtout dans le bon paysage. C'est important l'ordre, le classement, ça évite de finir au fond d'un frigidaire, sur une tablette merdique à côté d'autres kikis inconnus. Et l'ordre, c'est Ben qui m'en a parlé, au milieu des gyrophares, juste avant que les gendarmes se penchent sur moi. Du rouge et du bleu, sur le tronc des arbres, en alternance. Il se tenait le ventre, il disait que c'était beau, bien plus beau qu'avec de la colle dans le cerveau, que le grand bateau blanc était là, qu'il nous emmènerait tous, loin, que je n'avais qu'à monter à bord ou sauter dans le vide, qu'il ne fallait surtout pas hésiter ou attendre qu'un imbécile me pousse dans le dos.

Mais avant Ben, avant d'arriver au panorama et avant que Pierrot ne fasse sa grosse connerie, on a encore marché, suivi le chemin que le guetteur nous avait indiqué. La charité, il avait dit, n'oubliez pas, le sauveur reconnaîtra les siens. Et il nous avait montré des broussailles, des petits arbres noirs et bossus, rabougris, avec des bouts de tissus rouge et blanc accrochés aux branches. Il avait aussi parlé des autres, de ces âmes égarées qu'il ramassait sur la route, en short et en chapeau, les mollets rouges et poilus. Il les prenait en stop quand ils étaient au bord de l'épuisement et il les écoutait, avec sa bière bien calée entre ses cuisses. Il buvait, sirotait à petites gorgées, et il les regardait dans le rétroviseur. Puis il leur offrait une canette et les conduisait à l'autre bout de son ruban d'asphalte. Les autres n'en revenaient pas, ils pensaient qu'ils avaient rencontré un ange. Cette route est mon église, disait le guetteur, j'en suis le maître. Et il redémarrait dans un nuage de poussière.

Quand il nous a laissés, je me suis sérieusement demandé s'il n'avait pas des ailes toutes blanches cachées sous son blouson.

— Tu crois que c'était vraiment un ange ?

— Un débile, oui ! Puis qu'est-ce que ça peut foutre ? Faut marcher, alors tais-toi et avance !

— Encore ?

— On arrive, c'est lui qui l'a dit. La mer est juste derrière.

J'ai appelé P'tit Loup, ramassé mon cartable et fait un pas en avant. Un pas en plein milieu de l'empreinte de Pierrot, un nouveau jeu, le jeu de l'empreinte, simplement pour passer le temps et oublier que je détestais marcher. Et là encore plus qu'ailleurs, à cause des ronces et de ces machins piquants comme des cactus. Des saloperies à fleurs jaunes qui rentraient dans la peau même à travers le pantalon. Et à me tortiller dans tous les sens, pour échapper aux épines, aux orties et aux guêpes, j'ai pensé que la télé c'était bien mieux pour voyager, qu'on pouvait aller plus loin sans se prendre la tête dans des putains de toiles d'araignées tendues au milieu du chemin. P'tit loup avait l'air d'aimer ça. Il traçait, le museau au sol, à renifler n'importe quoi, pour se reconnaître, nous guider plus tard, quand avec Pierrot, on serait complètement morts de faim. À le suivre, on ferait le chemin inverse, bien mieux que moi avec mes cailloux. Si je les comptais et les recomptais au fond de mes poches, je n'étais pas prêt à les jeter comme le Petit Poucet, quand ses frères sont perdus, que les miettes de pain ont disparu et, qu'au loin, en montant dans un arbre, il aperçoit la maison de l'ogre. Non, moi, je me sentais pas aussi courageux.

— Tu crois qu'on va se faire manger ?

— Pourquoi tu dis ça ?

— Là, j'ai répondu, regarde, c'est comme dans le conte. On dirait la même maison, celle où l'ogre égorge ses filles parce qu'il a senti de la chair fraîche.

C'était plus une baraque qu'une maison, avec une fenêtre qui donnait dans notre direction. Pierrot m'a aussitôt poussé dans les ronces.

— Tu restes là, moi, je vais voir. Et tiens ton chien !

Il s'est mis à ramper, le revolver à la main. Il avançait sur ses coudes, tirait sur ses bras, se retournait pour vérifier si j'étais toujours au milieu des ronces, avec des épines dans le cul. Si j'étais planqué, je voyais tout. Il y avait un grand parking, la maison de l'ogre et, plus haut, le ciel bleu avec, en dessous, un bleu que jamais je n'avais vu.

— On est arrivés, j'ai murmuré. C'est la mer.

— C'est la mer ?

C'était la mer, une étendue infinie d'un bleu gris métallique plus beau qu'une peinture de BMW, avec de petites crêtes blanches en surface et des oiseaux de la même couleur qui montaient haut dans le ciel, les ailes déployées, et redescendaient lentement, en vol plané, avant de piquer direct dans l'eau.

— Des goélands, a fait Pierrot.

— Comme sur les poubelles des MacDo ?

— Ouais, mais ceux-là sont sauvages.

Assis au bord de la falaise, à trois cents mètres au-dessus des premières vagues, j'ai demandé où était son bateau. J'avais lâché ces mots dans le vide pour les entendre s'envoler et profiter un peu plus du paysage et de mes lacets qui flottaient dans le vent. J'étais surtout captivé par la couleur, un bleu gris, plus profond qu'un regard plein de gentillesse. J'aurais aimé que maman le voie, qu'elle découvre toute cette beauté qu'aucune télévision n'aurait pu recracher au milieu d'un salon.

— Et maintenant ?

— On attend, a dit Pierrot.

Et on a attendu cachés derrière la baraque…

On a attendu après avoir fait sauter le cadenas et ouvert le congélateur. Il était rempli de glaces et d'esquimaux. Il n'y avait qu'à se pencher pour goûter aux différents parfums. J'avais picoré au hasard, croqué sans réfléchir. Chocolat, fraise et pistache. J'en avais eu mal aux dents. J'avais même joué à l'explorateur en équilibre sur le rebord du congélateur et découvert, au bout de mes doigts, sous une boîte de King Cones vanille, quelques saucisses aussi dures que de la roche que j'avais aussitôt refilées à P'tit Loup.

— On est où, là ? Au paradis ?

— Que t'es con ! On est juste chez un marchand de glaces. Ça se voit pas ?

— Et il n'y a personne ?

— C'était cadenassé, non ? Donc, il n'y a personne, pour l'instant. Mais faudrait pas que quelqu'un arrive, surtout maintenant.

On avait foutu un vrai bordel, tout avait fondu et des empreintes de couleur s'étalaient sur les murs comme de beaux arcs-en-ciel dégoulinants de sucre. Pour éviter de se faire engueuler, on s'était cachés et on avait attendu que le ciel passe du rouge au noir. Du bord de la falaise, on pouvait deviner les bougies que Pierrot avait allumées au-dessus du congélateur. Leur petite flamme jaune oscillait dans l'obscurité, trop faiblement pour attirer les papillons de nuit.

— Si jamais on dort, avec toutes ces bougies, c'est sûr qu'on va entendre le proprio gueuler.

Ensuite, on s'était installés au bord du vide, chacun avec un esquimau, et on avait observé les lumières de la ville.

— Le port, a dit Pierrot, une main en visière. Demain, on prendra le bateau.

Je m'étais remis à penser aux papillons de nuit, au vol affolé qu'ils avaient entrepris autour des lampes à pétrole de la maison d'Alex, au grésillement de leurs ailes sur le verre trop chaud, brûlant, à leurs chutes et aux tentatives désordonnées qu'ils faisaient pour s'envoler à nouveau vers l'objet qui les avait détruits. J'ai essayé de comprendre les raisons de ce suicide, de cette mort lente, et je me suis demandé qui m'écraserait d'un coup de talon.

Plus tard, on a fait un feu et grillé des saucisses.

— De la viande fumée, a dit Pierrot. Du pemmican, de la bouffe d'Iroquois.

C'est après que Ben est arrivé.

Dans notre dos et sans bruit...

— Qu'est-ce que vous avez branlé dans la cabane ? C'était quoi l'idée des bougies ? Foutre le feu, c'est ça ?

Il était grand, vachement, et aussi maigre que les Juifs dans le cours d'histoire, avec le crâne rasé et de longs bras qui s'agitaient autour de lui.

— Des branleurs que vous êtes ! De la merde en barre. C'est à cause de petits connards dans votre genre qu'on va bientôt se taper une nouvelle extrême droite. Les fachos, ils attendent que ça. On parle de peine de mort dans les bistrots. Entre deux bières, ça rêve de marche au pas, de croix gammées et de ratonnades bien musclées. Un pays propre, comme ils disent, javellisé, sans Arabe ni Négro. Et vous inquiétez pas, ce jour-là, ils vous louperont pas.

Il chuchotait plus qu'il ne parlait, les mots lui sortaient de la bouche sans bruit, comme s'ils volaient dans les airs pour mieux nous rentrer dans le cerveau, avec patience, pour faire bien mal quand ils péteraient à l'intérieur.

— Une fugue ? Vous vous êtes barrés de chez vous ?

— Non, a dit Pierrot. Demain, on doit prendre le bateau.

— Le bateau ? Quel bateau ?

— Le grand bateau blanc pour l'Amérique...

— Pour l'Amérique ?

Et Ben, parce qu'il s'appelait Ben, a fixé Pierrot d'un drôle d'air, comme s'il savait déjà qu'il fallait pas le brusquer, même si pour lui, l'histoire du grand bateau blanc et de l'Amérique, c'était une grosse connerie. Pour échapper au regard noir de Pierrot, il s'est assis près du feu et il a enfilé une saucisse au bout d'un bâton.

— Chacun son trip, il a dit en tournant sa saucisse au-dessus des flammes. Moi, tu vois, c'est le vélo, en descente et sans frein. Je fais ça pour oublier que je bosse en bas, dans un atelier pourri. Ils m'ont jeté là pour mes dix-huit ans. Je fabrique des boîtes, des boîtes pour ranger d'autres boîtes. Débile. Un moyen de m'intégrer, ils ont dit, de devenir responsable. En plus, je bosse pour pas un rond. De l'esclavage, oui. Une société de merde qui profite d'une main-d'œuvre bon marché. M'intégrer, comme si j'avais envie de m'intégrer. Une couillonnade, oui ! C'est pour ça que je dévale ma pente toutes les nuits.

Il a tourné et retourné sa saucisse, puis il l'a filée à P'tit Loup avant de s'allumer un joint.

— Tu sais, ton bateau, s'il existait vraiment, ça ferait un bail que je l'aurais pris.

Il a aspiré sur son cône, bien retenu sa fumée dans les poumons et continué à parler.

— L'adrénaline. C'est le seul truc qui te prouve que t'es encore vivant. À chaque coup de pédale, je sais que je peux y passer, me faire éjecter pour de bon. C'est un peu comme ton bateau, mais en plus rapide, plus radical. Et toi ? il m'a demandé. T'es aussi du voyage ?

— Je sais pas, j'ai répondu. Je sais même pas si je veux grandir.

— Pour ça, t'es baisé. Tu vas grandir, c'est certain, et je suis sûr qu'ils t'ont déjà trouvé une place dans une boîte. L'Amérique, c'est pas pour demain !

— Et pourquoi ? a demandé Pierrot.

— Parce que c'est comme ça. Parce qu'il n'y a rien ici, ni départ ni arrivée, et encore moins de voyage possible sur un grand bateau blanc !

Ça a dû s'effriter dans la tête à Pierrot, s'écrouler en morceaux avant de tomber en poussière. Ben venait de lui casser ses rêves, de les briser aussi vite qu'il avait éteint toutes les petites bougies dans la cabane. Quand il a rajouté que les Indiens n'étaient plus que des sans-abri alcooliques, Pierrot a pété les plombs. Il s'est redressé, le corps tout raide, et il a commencé à se déshabiller, à balancer toutes ses fringues au milieu du feu.

— Qu'est-ce que tu fous ? j'ai demandé.

Il a rien répondu, ni « tais-toi » ni autre chose, et, quand il a été nu devant les flammes, il a ramassé une branche à moitié brûlée. Il a soufflé dessus, attendu que la braise rougisse et il se l'est collée sur la gueule. Ça a grésillé et dégagé une odeur de roussi, sa peau s'est aussitôt boursouflée sous la pointe de feu. Il a tracé d'autres signes, complètement griffé ses joues sans jamais desserrer les mâchoires. Ensuite il a lâché un cri, un cri de guerre plus effrayant que n'importe quoi et il s'est mis à danser autour du feu, le revolver à la main. J'avais l'impression d'entendre les tambours au loin, le galop des chevaux et la cavalerie.

Il a tiré. Deux coups. J'ai roulé sur le sol, entendu couiner P'tit Loup. Il était devenu cinglé, complètement. Quand je me suis relevé, Ben se tenait le ventre et Pierrot était déjà au bord de la falaise, le bras tendu au-dessus du vide.

— Des morts, des morts pour réveiller les morts ! il a crié.

Et il a tiré encore. Sur la ville et sur les lampadaires.

Puis il s'est retourné, les yeux noirs et brillants plantés dans son visage déchiré.

— Je suis un Iroquois, il a dit.

— Arrête, j'ai répondu, tu me fais peur !

Comme je voulais pas qu'il m'assassine pour de bon, j'ai sorti une pierre du fond de mes poches. Une pierre pour tout casser, briser le cauchemar et oublier que P'tit loup faisait des bulles de sang au bout de son museau. On est restés face à face, lui avec son flingue et moi avec mon caillou. Il a visé, j'ai entendu le déclic de son revolver et vu la balle se placer devant le canon. Je le jure, je l'ai entendue ou je l'ai vue, et j'ai jeté ma pierre, de toutes mes forces.

Pierrot a hurlé.

Il a hurlé et il a basculé dans le vide, emporté par la nuit. Juste un cri...

Après je ne sais plus, il n'y avait plus que P'tit loup et Ben. Ben couché sur le dos, la tête près du feu et les mains sur son ventre. Il regardait les étoiles, se parlait tout seul :

— L'ordre, il a dit, les boîtes... On est déjà rangés, depuis toujours. C'est ça qu'ils veulent, tous. Ils tuent leurs enfants parce qu'ils ont peur d'eux. Écoute, ils arrivent.

Mais je n'ai rien entendu, il n'y avait que mon cœur qui battait dans ma poitrine. *Toukoum, toukoum, toukoum,* il m'empêchait de parler, de voir et d'écouter. J'étais devenu les trois petits singes à la fois, les mains posées sur les yeux, la bouche et les oreilles.

— J'ai tué mon frère. Il est tombé...

— Tomber, a répété Ben le front couvert de sueur. Il y a toujours quelqu'un pour te pousser. C'est comme les rêves, l'Amérique, tu crois aller quelque part et tu glisses dans le vide... C'est drôle, mais le bateau, son grand bateau blanc, j'ai l'impression qu'il est là... Écoute...

Je n'ai entendu que des sirènes au loin.

— Les flics, ils sont sur une piste. Sûrement un type qu'a réussi à s'échapper d'une boîte. C'est peut-être toi... Fais gaffe, le monde est devenu fou, ils enferment les gosses maintenant. Ils les bouclent pour mieux les faire vieillir, pour qu'ils deviennent comme eux, moches et ridés...

Il a fermé les paupières et j'ai vu les gyrophares dans la nuit, des lumières rouges et bleues éclabousser le tronc des arbres. Il y avait aussi des gendarmes, des infirmiers et le guetteur qui me montrait du doigt. Je comprenais rien, je savais pas pourquoi ils étaient tous là, mais je me suis souvenu de la ville et des égouts, de ces fauteuils où on attachait les enfants une aiguille dans le bras. J'étais sûr qu'ils allaient m'y conduire. Alors pour les oublier, pour tout oublier, je me suis assis à côté de P'tit loup et je me suis mis à colorier le livre de Léon, les lions et les autres animaux. Et partout autour de moi, il y avait du bruit et des chaussures, des chaussures noires. Ils attendaient que je finisse mes barreaux, avec du bleu pour le ciel. Ils m'attendaient pour m'enfermer et ils cherchaient aussi Pierrot avec des lampes électriques. Ils appelaient, se parlaient entre eux. Ils disaient des mots qui rebondissaient dans ma tête, des mots que je ne comprenais pas. Et le guetteur aussi a parlé, il a dit que c'était bien nous, comme sur le journal, la même petite gueule, que c'est pour ça qu'il nous avait pris en photo. Des petites ordures, il a rajouté. C'est sûr que si maman avait été là elle l'aurait bien dit que c'était de notre faute, que c'était bien fait, qu'à parler à n'importe qui c'est logique que ça nous retombe dessus comme de la merde.

Et j'ai pleuré.

J'ai pleuré et j'ai pensé à maman.

J'ai aussi pensé à la viande et aux empreintes de sang.

À toutes les empreintes de sang qu'on avait laissées sur la route.

Juste des empreintes de sang.

Après, je ne sais plus…

— Après, ils m'ont tiré par le bras pour me relever et ils m'ont conduit ici, dans votre bureau, juste ça. Dites, P'tit loup, mon chien, vous croyez qu'il va mourir ?

Dans la même collection

Donald Alarie, *Tu crois que ça va durer ?*
Émilie Andrewes, *Eldon d'or.*
Émilie Andrewes, *Les mouches pauvres d'Ésope.*
J. P. April, *Les ensauvagés.*
Aude, *Chrysalide.*
Aude, *L'homme au complet.*
Aude, *Quelqu'un.*
Noël Audet, *Les bonheurs d'un héros incertain.*
Noël Audet, *Le roi des planeurs.*
Marie Auger, *L'excision.*
Marie Auger, *J'ai froid aux yeux.*
Marie Auger, *Tombeau.*
Marie Auger, *Le ventre en tête.*
Robert Baillie, *Boulevard Raspail.*
André Berthiaume, *Les petits caractères.*
André Brochu, *Les Épervières.*
André Brochu, *Le maître rêveur.*
André Brochu, *La vie aux trousses.*
Serge Bruneau, *L'enterrement de Lénine.*
Serge Bruneau, *Hot Blues.*
Serge Bruneau, *Rosa-Lux et la baie des Anges.*
Roch Carrier, *Les moines dans la tour.*
Daniel Castillo Durante, *La passion des nomades.*
Normand Cazelais, *Ring.*
Denys Chabot, *La tête des eaux.*
Anne Élaine Cliche, *Rien et autres souvenirs.*
Hugues Corriveau, *La maison rouge du bord de mer.*
Hugues Corriveau, *Parc univers.*
Esther Croft, *De belles paroles.*
Claire Dé, *Sourdes amours.*
Guy Demers, *L'intime.*
Guy Demers, *Sabines.*
Jean Désy, *Le coureur de froid.*
Jean Désy, *L'île de Tayara.*
Danielle Dubé, *Le carnet de Léo.*
Danielle Dubé et Yvon Paré, *Un été en Provence.*
Louise Dupré, *La Voie lactée.*
Sophie Frisson, *Le vieux fantôme qui dansait sous la lune.*
Jacques Garneau, *Lettres de Russie.*
Bertrand Gervais, *Gazole.*
Bertrand Gervais, *Oslo.*
Bertrand Gervais, *Tessons.*
Mario Girard, *L'abîmetière.*
Sylvie Grégoire, *Gare Belle-Étoile.*
Hélène Guy, *Amours au noir.*
Louis Hamelin, *Betsi Larousse.*
Julie Hivon, *Ce qu'il en reste.*
Young-Moon Jung, *Pour ne pas rater ma dernière seconde.*

Sergio Kokis, *Les amants de l'Alfama.*
Sergio Kokis, *L'amour du lointain.*
Sergio Kokis, *L'art du maquillage.*
Sergio Kokis, *Errances.*
Sergio Kokis, *Le fou de Bosch.*
Sergio Kokis, *La gare.*
Sergio Kokis, *Kaléidoscope brisé.*
Sergio Kokis, *Le magicien.*
Sergio Kokis, *Le maître de jeu.*
Sergio Kokis, *Negão et Doralice.*
Sergio Kokis, *Saltimbanques.*
Sergio Kokis, *Un sourire blindé.*
Andrée Laberge, *La rivière du loup.*
Micheline La France, *Le don d'Auguste.*
Andrée Laurier, *Horizons navigables.*
Andrée Laurier, *Le jardin d'attente.*
Andrée Laurier, *Mer intérieure.*
Claude Marceau, *Le viol de Marie-France O'Connor.*
Véronique Marcotte, *Les revolvers sont des choses qui arrivent.*
Felicia Mihali, *Luc, le Chinois et moi.*
Felicia Mihali, *Le pays du fromage.*
Marcel Moussette, *L'hiver du Chinois.*
Clara Ness, *Ainsi font-elles toutes.*
Clara Ness, *Genèse de l'oubli.*
Paule Noyart, *Vigie.*
Madeleine Ouellette-Michalska, *L'apprentissage.*
Yvon Paré, *Les plus belles années.*
Jean Pelchat, *La survie de Vincent Van Gogh.*
Jean Pelchat, *Un cheval métaphysique.*
Michèle Péloquin, *Les yeux des autres.*
Daniel Pigeon, *Ceux qui partent.*
Daniel Pigeon, *Dépossession.*
Daniel Pigeon, *La proie des autres.*
Hélène Rioux, *Le cimetière des éléphants.*
Hélène Rioux, *Traductrice de sentiments.*
Martyne Rondeau, *Ultimes battements d'eau.*
Jocelyne Saucier, *Les héritiers de la mine.*
Jocelyne Saucier, *Jeanne sur les routes.*
Jocelyne Saucier, *La vie comme une image.*
Denis Thériault, *Le facteur émotif.*
Denis Thériault, *L'iguane.*
Adrien Thério, *Ceux du Chemin-Taché.*
Adrien Thério, *Mes beaux meurtres.*
Gérald Tougas, *La clef de sol et autres récits.*
Pierre Tourangeau, *La dot de la Mère Missel.*
Pierre Tourangeau, *Le retour d'Ariane.*
André Vanasse, *Avenue De Lorimier.*
France Vézina, *Léonie Imbeault.*

DANGER

LE PHOTOCOPILLAGE TUE LE LIVRE

Cet ouvrage
composé en Palatino corps 11,5 sur 14,5
a été achevé d'imprimer
en novembre deux mille six
sur les presses de
HLN, Sherbrooke (Québec), Canada.